妹よ、
今夜はカレーだから
早く異世界から
帰ってきなさい
愛坂タカト
イラスト pon
2

CONTENTS

「やめなさい、来人。相手は罪のない赤ん坊なのよ」

「──っ!!」

聞き覚えのある澄んだ声が、ギルド内に響き渡る。

その声に反応した俺と華恋が同時に顔を上げると、
そこに……俺たちの捜し人がいた。

「母さん……」

ロフトのようになっているギルドの二階。

その手すりに手を置きながら、
俺たち兄妹を見下ろしている母さん。

「来人、華恋ちゃん。ママのところに来てくれたのね、嬉しいわ」

「母さん、その姿は……」

しかし、その格好はいつもの母さんとは
まるで異なっていた。

「これが、ワタクシのドレス……？
とても素敵ですわね」
「姫妃ちゃんが貴族令嬢かお姫様なら、
アタシはそれを守る騎士だよ！」

CHARACTERS

牛野《うしの》
来人《らいと》

牛野家の長男。
大学二年生。

牛野《うしの》
華恋《かれん》

牛野家の長女。
小学五年生。

牛野《うしの》
雫《しずく》

牛野家の母。
38歳パート主婦。

蛇《じゃ》ヶ《が》崎《さき》姫《ひめ》妃《き》 ✦ 華恋のクラスメイト。小学五年生。

蛇《じゃ》ヶ《が》崎《さき》怜《れい》将《しょう》 ✦ 姫妃の祖父。
伝説の『カレー仙人』と呼ばれている。

妹よ、今夜はカレーだから
早く異世界から帰ってきなさい2

愛坂タカト イラスト pon

前菜✦『プロローグ』

深い深い、海の底。

人間の知らない海の世界には、幻想的な光景が広がっている。

微《かす》かに差し込む陽の光に加え、淡く輝く珊瑚礁《さんごしょう》の輝きに照らされた海底。

きらびやかな魚たちが縦横無尽《じゅうおうむじん》に泳ぎ回る水中において、聞こえてくるのは人魚たちの楽しそうな話し声だ。

「外の海から新しい歌姫がやってきたそうよ」

「まぁ、それは楽しみ。どんな歌声を聴かせてくれるのかしら」

多くの人魚たちが自由気ままに暮らす、海底王国の中央広場。

月に一度だけ開かれる歌唱祭のために集まった人魚たちは、ステージを見つめながら噂話《うわさ》に花を咲かせている。

そして、大きなクジラが広場の上を通過し……周囲に影を落としたその時。

一人の幼い人魚が、ゆっくりとステージの中心へ泳ぎ出てきた。

茶褐色のツインテールとピンクの尾が特徴的な彼女は、その慎ましやかな胸を貝殻の水着で覆い隠す……愛らしい少女の人魚であった。

「はじめまして、カレエルです。今日はよろしくお願いします」

カレエルと名乗った人魚は、頬《ほお》を染めながらペコリと頭を下げる。

それを見た広場中の人魚たちは割れんばかりの拍手を贈り、カレエルが歌い始める時を今か今かと待ちわびていた。

「すぅ……はぁ……！　よしっ！」

自分の胸に手を当て、水中呼吸を整えたカレエルは瞳を閉じて歌い始める。

「らぁ～ららら～♪　海の中は～♪　お魚がいっぱいで～♪　楽しいなぁ～♪」

幼い少女特有の舌っ足らずさと、耳を蕩《とろ》けさせるような甘さを感じさせる歌声。

そんなカレエルの歌声は、歌唱を得意とする人魚たちをあっという間に魅了していく。

「な、なんて素敵な歌声なの……？」

「これほどまでに心を震《ふる》わせる歌声、聴いたことがないわ……！」

「それにこの曲も素晴らしいわね！　誰が作った曲なの？」

誰もがカレエルの歌声を称賛し、両手を胸の前で重ね合わせて聞き惚《ほ》れるばかり。

「赤いお魚も～♪　青いお魚も～♪　みんな好きだけどぉ～♪」

さらにカレエルの歌声に呼応するかのように、歌詞に合わせて赤い魚や青い魚が彼女の周囲を泳ぎ回る。

「アタシはやっぱり、チンアナゴが好きぃ～♡」

ひょっこりと、海底の砂浜から顔を出すチンアナゴの家族たち。

そのコミカルな動きと歌詞のシンクロに、広場中から笑いと喝采《かっさい》が巻き起こる。

「あ〜♪　なんて素晴らしい世界なの〜♪　海は〜♪　広くて、深くて〜♪　素敵〜♪」

魚だけではなく、カニやエビ、貝、ヒトデ……そして海藻たちまでもが、カレエルの歌声に合わせて踊り出す。

「アタシは歌姫カレエル〜♪　みんなのアイドル〜♪」

そして遂に迎えたクライマックス。

気持ちよさそうに熱唱するカレエルが、ステージの上で回りながら……周囲の人魚たち一人一人に手を振ったり、ウィンクをしたりする中で。

「あぁ〜♪　今日も〜♪　楽しく〜〜〜〜っ♪」

長いビブラートの後に、最後の締めとして両手を広げたポーズを取るカレエル。

彼女が大きく息を吸い込み、満面の笑みで口を開きかけた……次の瞬間。

「歌う――」

「おい、華恋《かれん》。お前、何やってんだ？」

「のぉおおおおおっ!?」

突然、背後から肩を叩《たた》かれたカレエルは、歌唱を中断して上擦《うわず》った叫び声を上げる。

「あ、あわわわっ……」

顔面蒼白《がんめんそうはく》、全身を震《ふる》わせながら……ゆっくりと振り返るカレエル。

「お兄ちゃん……っ!?」

大きく見開かれた彼女の目に映るのは、見慣れた青年の姿。

人魚たちの暮らす海底世界にはおよそ似つかわしくない、パーカーにジーンズという格好をした青年の名前は……牛野来人《うしのらいと》。

カレエルこと牛野華恋の、実の兄である。

「……母さんから聞いたぞ。今日は学校から帰ってきてから、宿題もやらずにずっと異世界で遊んでいたみたいだな」

水の中だというのに平然と口を開き、会話をする来人。

どうやら、その体は特殊なチート能力によって守られているようだ。

「う、うるさいなぁっ！　宿題なんか後でするもんっ！」

肩に置かれていた来人の手を振り払い、威嚇《いかく》するように白い歯を見せる華恋。

そんな兄妹のやり取りを、周囲の人魚たちは困惑に満ちた目で見つめている。

「ねぇ、アレって人間じゃないの……？」

「そんなわけないでしょ！　人間が海底に来られるはずないわ！」

「それにあの歌姫のお兄ちゃんだって言っているわよ！」

ヒソヒソ、ザワザワ。

先ほどまで歌姫カレエルの歌声に魅了されていた広場は、今や混沌《こんとん》の渦中にあった。

「もぉ～～～っ！　さいっあくっ！　アタシの作った神秘的な空気が台無しじゃんっ！」

「何が神秘的な空気だ。どうせチート能力を使って、人魚たちを虜《とりこ》にしていたんだろ？」

「ぎ、ぎくぅっ……！」

「やっぱり、そうか。異世界ポータルってのは、つくづく便利だな」

異世界ポータル。

それはある日突然、牛野《うしの》家の物置部屋に出現した謎の存在である。

自分が望んだ理想の異世界に転移し、自分が求めるどんなチート能力をも得ることが可能となる異世界ポータルは……元引きこもりであった華恋《かれん》に大きな影響を与えた。

現在はとある事件を経て、再び学校へ通えるようになった華恋であるが……今もなお、異世界ポータルを利用した遊びを頻繁に繰り返している。

そうしてなかなか帰ってこない彼女を、兄である来人《らいと》が夕飯の時間に連れ戻しに来るのも……すっかり牛野家の恒例行事となっているのだ。

「とにかく、もうそろそろ夕飯の時間だ。さっさと帰るぞ」

「いぃーやぁーっ！　もっといっぱい歌うのっ！　みんなにチヤホヤされたいのぉーっ！」

ジタバタとピンクの尾を振りながら、抵抗の意思を示す華恋。

これもまた毎度のように繰り返されるやり取りであり、時に来人は多少手荒な真似をしてでも妹を自宅へと連れ帰ろうとしてきた。

「うーん、我が妹ながら凄《すさ》まじい承認欲求だ。さて、どうしたものかね」

しかし来人は考える。

ここで強引に連れ帰れば、確実に華恋は不機嫌になる。

それどころか、一歩間違って不登校の引きこもりが再発してしまう可能性もある。

となれば、強引な手段で華恋を制圧する方法は選べない。

「……仕方ない。ならば俺もここは、人魚世界の流儀に従うとしよう」

「はぁ？　流儀……？　どうするつもりなの？」

「決まってるだろっ！　俺の想いを、歌に乗せて届けてやるぜっ！」

来人はそう叫ぶと、懐《ふところ》から愛用の銀スプーンを取り出す。

そしてそのスプーンをマイクのように構え、会場を囲む人魚たちに視線を向けた。

「それではお聴きください！　題して『最高、カレー・ラブソング』だ！」

「ちょっと！　今はアタシのライブなのに……！」

「にんじん、じゃがいも、玉ねぎ、いっぱい♪　皮剥《む》き、刻んで、炒めよう♪」

制止しようとする華恋を無視して、大きな声で歌い始める来人。

その歌声は普通の大学生にしては、並より少し上というレベルである。

「チキンと、ポークに、ビーフも、あるよ♪　どれでも、好きなの、入れちゃおう♪」

しかもその歌は、この海底世界には存在しないカレーにまつわる内容に加え、音楽の専門的な知識もない来人《らいと》が作り出したメロディである。

歌が得意な人魚たちにとって、本来であれば評価にすら値しないレベルの歌だと言えよう。

「グツグツ、まぜまぜ♪　ニコッと煮込めば愛情たっぷり♪　バシッと決めるぜ美味しさガッツリ♪　それがカレーだ最高料理♪」

「……すごい。言葉の意味はまるで分からないけれど……胸に響くわ」

「ええ、本当に……！　素晴らしい歌ね！」

だが、来人の強すぎるカレーへの想いは歌声に乗り、人魚たちの心を揺さぶる。

華恋《かれん》のようにチート能力を用いた歌唱でもないというのに、この場にいる人魚たち全員が来人の歌声に聴き惚《ほ》れていた。

「イェーイ　カレー！　ウォウウォウ、カレーライス♪」

サビに入り、ご機嫌な笑顔で歌い続ける来人。

そして、途中で来人はスプーンの先を観客の方へと向ける。

「さぁっ！　みなさんもご一緒に！　カレー！　カレー！」

「「「「カレー！　カレー！　カレー！」」」」

海底中に轟《とどろ》くカレーコール。

人魚たちが手拍子をしながら、何度もカレーを叫び続ける光景は圧巻の一言だ。

「いやぁぁぁぁぁぁっ！　神秘的な海の世界がカレーに染まっちゃうぅぅぅぅぅっ！」

そんな状況に自分の理想を壊された華恋《かれん》は、両手で耳を押さえながらうずくまる。

もはや人魚たちの誰一人として、歌姫カレエルのことを覚えていないのは明白であった。

「ふぅっ……！　みんな、ありがとう！　これからも、カレーをよろしくっ！」

一曲たっぷりと歌い終えた来人《らいと》が拳を上げると、人魚たちは尾ビレを振り回すようにして、人魚流の最大限の賛辞を彼に贈る。

わずか一回の歌唱で人魚たちを自分とカレーのファンへと変えた来人は、意気消沈《いきしょうちん》したままの華恋を脇《わき》に抱《かか》え込んだ。

「……というわけで、勝負は俺の勝ちでいいな？」

「好きにすればいいじゃん。アタシ、もうこんな場所にいたくないし……」

来人の脇に抱えられた華恋は、ふてくされたように頬《ほお》を膨らませる。

もはや抵抗の意思はないようで、されるがままの状態だ。

「お兄ちゃんがカレーの歌なんか歌うから、お腹《なか》が空いちゃった」

「それなら、さっさと帰って母さん特製のカレーを食べるとしよう。ポータル、帰り道を出してくれ！」

そう叫ぶのと同時に、来人たちの目の前に渦を巻くポータルが出現する。

この渦に飛び込むことで、二人はこの異世界から自宅へ帰還することができるのだ。

「今日はシーフードカレーだといいなぁ」

「おいおい、またかよ。お前、水族館に行った後にもそんなことを言ってただろ？」

「だって、お魚を見ると食べたくなるんだもん」

先ほどまで魚介類と親しくしていたというのに、血も涙もない発言をする華恋。

そんな妹に苦笑しながら、来人は帰還用ポータルの中へと飛び込んでいく。

「ねぇ、お兄ちゃん」

「ん？　なんだ……？」

一瞬の浮遊感の後、自宅の二階にある物置部屋へと着地する二人。

人魚の姿から、いつもと同じカレー明言Tシャツとミニスカート、縞々《しましま》ニーソの格好へと戻った華恋は……上目遣いに兄である来人を見る。

「海の異世界も楽しかったけど……また、水族館にも行きたい」

「お、おう？　そうか……」

「……は？　そこは、じゃあ今度行くかって誘うところじゃん。ダッサ、きもっ、だから彼女ができないんでしょ？　恋愛クソザコカレー馬鹿のお兄ちゃん♡」

「うぉーいっ！　お前なぁっ！」

いつものように、コントのようなやり取りをして大騒ぎをする兄妹。

そしてそんな騒ぎを一階の台所で耳にするのは、二人の母親である牛野《うしの》雫《しずく》だ。

「うふふっ、二人とも仲良しさんねぇ」

頬《ほお》に手を添えながら、あらあらうふふと笑う雫《しずく》。

そんな彼女の目の前で煮込まれているのは、魚介類たっぷりのシーフードカレー。

まるで娘の要望を察知したかのような献立選びは、まさしく理想の母親だ。

「なんだか羨《うらや》ましいわ。私だって……」

しかし、この時……二階で大騒ぎする兄妹たちは、予想もしなかったことだろう。

自分たちが最高の母親だと信じて疑わない雫が……

「そうだ。後で、あの人に電話しようっと」

翌日には、自分たちの前から姿を消してしまうなどとは。

一杯目✦『妹よ、母さんを迎えに異世界へ行こう！』

我が牛野《うしの》家は、何の変哲もない平凡な家庭である。

父さんが考古学者として日本中の至るところを飛び回っている点を除けば、パート主婦の母さん、大学生の長男、小学生の長女といった……どこにでもあるような家族構成。

一時期、妹の華恋《かれん》が不登校になるというトラブルも発生したのだが……

とある事件をきっかけに、華恋は不登校を脱却。不登校の原因となっていた友達とも仲直りを果たした華恋は、元気に小学校へと通うようになった。

こうして我が牛野家が抱《かか》えていた最大の問題も解決し、これからは平穏な日常が戻ってくると……ホッと胸を撫《な》で下ろしたのも束の間。

再び牛野家に、新たな騒動が舞い込んできたのだ。

「えーっと、なになに。来人《らいと》と華恋ちゃんへ。いきなりでごめんね。お母さんは分からず屋のパパと離婚して、これからは異世界で新しい人生を過ごそうかと思います。二人も準備ができたら、ママのところに来てくれてもいいのよ？　じゃあね、バイバイ……追伸、朝ご飯は冷凍しておいたカレーがあるから温めて食べてね♡　来人と華恋ちゃんのお母さんより……」

早朝、起床してリビングにやってきた俺たちがテーブルの上に発見した書き置き。

それを読み終えた俺は、自分がまだ寝ぼけているのかと思い……自分の頰《ほお》を抓《つね》ってみる。

うん、めっちゃ痛い。

俺がそう思いながら隣を見ると、寝癖頭の華恋もまた同じように頰を抓っていた。

少し涙目になっている辺り、華恋も十分な痛みを感じているらしい。

ということは、この状況は……夢じゃなくて、現実ってことだよな？

「えええええええええええええええええええええっ⁉」

小鳥のさえずりが微《かす》かに聞こえるほどに閑静な早朝。

牛野家兄妹の驚愕《きょうがく》の絶叫が、ご近所迷惑な大声で響き渡る。

「ど、どどどっ、どういうこと⁉　ママが離婚って……⁉」

「れ、れれれっ、冷静になれっ！」

パニックを起こした俺たちは、なぜかテーブルの周囲をグルグルと駆け回る。

母さんと父さんの間に何が起きたのか。

どうして母さんは出ていってしまったのか。

何もかもが分からないことばかりであったが、ここでふと……俺は天啓を得る。

「そうだ！　まず、俺たちがすべきことは！」

「あえっ？　お兄ちゃん……？」

俺はテーブルの椅子を引くと、混乱状態の華恋をそこへ座らせる。

それから台所の方へとダッシュして行き、ある準備を開始する。

「あわわっ、あわわわわわっ……！」

椅子の上で足をバタバタさせ、未だ混乱が収まらない様子の華恋《かれん》を遠巻きに見ながら……俺は超特急で作業を終わらせる。

「待たせたな華恋！　さぁ、これを食うんだっ！」

台所からリビングに戻った俺は、二枚の深皿をテーブルの上に置く。

その中身は、昨晩に俺たち兄妹を大いに満足させた母さん特製のシーフードカレーだ。

冷凍されていたカレーとご飯を電子レンジで解凍しただけではあるが……それでも十二分に最高の朝食だといえよう。

「本来ならばサラダも用意したいところであるが、今は非常事態！　許されよっ！」

「う、うん」

俺の中に眠るカレー武士の気迫に押されながら、両手を重ね合わせる華恋。

それを見た俺も隣の席へと座り、同じように合掌を行う。

「「……いただきます」」

食材そのものや、それに関わってきた多くの人々。

そして何よりも、美味しいカレーを調理してくれた母さんに対する深い感謝を込めて食前の挨拶《あいさつ》を行う。

たとえどんなことがあろうとも、どこであろうとも。

何かを食べる前には、牛野《うしの》家では必ずこの言葉を口にするようになっている。

「くぅ～っ！　素晴らしい！　熟成させたことで、さらに味わい深くなっている！」

カレーは一晩寝かせると、さらに美味しくなる。

それはこの地球上において、太陽が東から昇ることのように……常識的なことだ。

「んっ……」

華恋も俺と同じく、進化したカレーに圧倒されているのだろう。

あんなに取り乱していたのが嘘《うそ》のように、黙々とカレーを食べ進めている。

「ああ……なんて幸せなんだ」

休日の爽《さわ》やかな朝。可愛《かわい》い妹と一緒に、美味しいカレーを朝食として食べる。

世界中の人間がこの幸せを知れば、きっと戦争なんてなくなるに違いない。

「さて、おかわりもいただくとしようかな」

感動のままにカレー一皿をペロリと平らげ、続く二杯目を取りに行こうと俺が席を立ち上がった……その時であった。

「って、なんでアタシたちは呑気《のんき》にカレーを食べてんのよぉぉぉぉっ！」

バンッとテーブルを強打しながら、大声で怒りの絶叫を上げる華恋。

しかしその態度と裏腹に皿のカレーは半分ほど減っているし、華恋の頬《ほお》にはご飯粒までくっついている始末だ。

「ママがいなくなっちゃったのに、朝ご飯なんて食べてる場合じゃないじゃん！」

「ああ、分かっている。だけど、あれほどパニックになっている状態じゃ事態は好転しない。だからまずは母さんのカレーで頭と空腹を落ち着ける必要があったんだ」

実際、華恋《かれん》がこれほどキレのいいツッコミができたのは、カレーを食べたおかげだろう。かくいう俺も、カレーのおかげで冷静さを取り戻すことができている。

「とにかくまずは、そのカレーを食べ終えるんだ。それから、今後のことを話し合おう」

「……うん、分かった」

俺に諭された華恋は、少し不安げな表情をしながらも朝食を再開。

本音を言えば、俺も内心では不安を抱《かか》えていたのだが……それを華恋には悟られないように平静を装い、いつもより多めにカレーを平らげるのだった。

□

「さて、ここからが本番だな」

衝撃の書き置きを残し、俺たちの前から姿を消した母さん。

一時は大いに取り乱してしまった俺と華恋だが、美味しすぎるカレーを朝食に食べることによって正気を取り戻し……今は食後のコーヒー（華恋は砂糖とミルクたっぷりのカフェオレ）を飲みながら、今後について話し合っている。

「母さんの書き置きの内容を整理すると、父さんとの離婚を決心して……異世界で暮らすことを決めたってことだよな」

「なんで……？　ママ、パパと喧嘩《けんか》しちゃったの？」

「……あまり信じられないけど、その可能性が高いな」

俺が知る限り、母さんも父さんも……相手に対してベタ惚《ぼ》れ。

結婚生活二十年近く。未だに新婚夫婦のようにイチャイチャする両親に対し思うところはあったけど……こんな事態になるなんて予想したこともなかった。

「とりあえず、父さんに連絡を取ってみるか」

スマホを取り出して、俺はこの事件の鍵を握っているはずの父さんに電話をかける。

しかし呼び出しコールはすぐに留守番電話の案内に切り替わってしまう。

「父さん？　俺だけど、この留守電を聞いたらすぐに折り返してくれ。母さんが家を出て行っちゃったんだ」

「パパ……出なかったの？」

「ああ、いつものことだよ。どうせどっかの遺跡で、発掘作業中なんだろうさ」

留守電を吹き込んでから通話を切った後、俺は考えてみる。

あんなにも父さん大好きで、温和な性格の母さんが離婚を決意するレベルの騒動。

あまり想像はしたくないが、考えられるのは……父さんの不倫、とか？

いや、でも母さんの書き置きには『分からず屋のパパ』と書いてあった。

この内容なら、不倫とかそういう内容ではない気がする……

「う〜〜〜〜んっ！」

「ねぇ、お兄ちゃん」

俺が腕を組んで唸《うな》っていると、華恋《かれん》が険しい表情で声を掛けてきた。

「こんなところで唸っていたって、なんも変わらないよ。パパに連絡がつかないなら、さっさとママに会いに行こうよ」

「たしかにそれはそうなんだが……」

母さんが父さんに対してどのような不満と怒りを感じ、家出に至ったのか。

それも分からないまま下手に接触すれば、母さんの離婚の意思がより強固になりかねない。

そう考えると、慎重にことを動かすべきだと思うのだが……

「ああもうっ、焦《じ》れったい！　いいよ、お兄ちゃんが行かないならアタシだけで行くもん！」

「おいっ！　待てって！　誰も行かないとは言ってないだろ！」

返答に詰まる俺に業を煮やしたのか、華恋は足早に二階へと駆け出してしまう。

目指す先は当然、二階の物置部屋にある異世界ポータルだろう。

「わっ！　ポータルがなんか赤くなってるっ！」

慌てて華恋を追いかけていくと、華恋は赤い渦を描く異世界ポータルの前で尻込《しりご》みをしている様子だった。

そういや、華恋は使用中のポータルが赤く染まることを知らないんだっけか。

「はわわわっ……！　ママの怒りが、ポータルを血に染めたんだ……！」

しかも妙な勘違いをして、肩を震《ふる》わせてビビっているみたいだ。

誤解を解くのは簡単だけど、これはこれで面白そうだから放っておくとするか。

「華恋、母さんは異世界ポータルを使ったことがない。だから、どんな異世界に転移しているのかも想像できないんだ」

「……わ、分かってるし！　別にこれくらい、怖くもなんともないんだからっ！」

華恋は強気な態度でそう叫ぶと、ぴょんっとジャンプしてポータルの中へと飛び込む。

すると華恋の体はポータルを通じて異世界へと渡り、こちらの世界では影も形もなくなる。

「いつ見ても、本当に理解不能な仕組みだよな」

なんて呟《つぶや》きながら、俺も華恋の後を追うようにしてポータルに身を投じる。

わずかな浮遊感と、周囲を埋め尽くす眩《まばゆ》いばかりの光。

今までに何度も繰り返し、すっかり慣れ親しんだ転移時の感覚を覚えながら……俺は母さんが行っている異世界へと渡るのだった。

□

「へぇ……？　ここが、ママの選んだ異世界なんだぁ」

家出した母さんを連れ戻すために、辿《たど》り着いたのは深い森の中。

華恋《かれん》はどこかワクワクしたような表情で、周囲を見渡していた。

「あっ！　見てよ、お兄ちゃん！　変なモンスターがいる！」

近くの茂みから顔を出して、こちらを見上げている茶色いスライム。

そいつは華恋の声を聞くと、ぷるぷると体を震《ふる》わせながらこちらに近寄ってくる。

「スライム……ってことは、割りとオーソドックスな剣と魔法の異世界って感じか？」

「ママってば、冒険者になりたかったのかな？」

落ちていた木の棒を使って、茶色いスライムをツンツンして遊んでいる華恋。

「ふきゅぅーっ♡」

可哀想《かわいそう》だからやめさせようかとも思ったが、スライムは気持ちよさそうに跳《は》ねているので問題はなさそうだ。

「どうだろうな。まぁ、その辺りはサクッと本人を見つけ出してから聞いてみよう」

「サクッと見つけ出すって、どうするつもりなわけ？」

「そりゃあ勿論《もちろん》、チート能力を使ってだよ」

ポータルを使用して異世界転移した後は、望んだ能力を簡単に手に入れることが可能だ。

そこで俺は『人捜し』を可能にする能力を得て、母さんを捜そうと思ったのだが……

「頼む、ポータ……」

「ダメだよ、そんなの！」

いつものようにポータルに呼びかけようとすると、華恋が急に大きな声を張り上げる。

そして握っていた木の棒を俺の眼前へ、ビシッと突き出してきた。

「おいおい、なんでダメなんだ？」

「だ、だって！　能力を使ったら、ママがすぐに見つかっちゃう……」

「うん？　その方がいいだろ？」

よく分からない華恋の主張に、思わず首を傾《かし》げる。

すると華恋は俯《うつむ》きながら、よく聞こえない小さな声でブツブツと呟《つぶや》き始める。

「……せっかく、一緒に冒険できそうな状況なんだもん。もうちょっと、お兄ちゃんと二人きりでいさせてよ……」

「なんだって？　冒険？　俺と……何？」

「なんでもないっ！　ていうか、独り言に聞き耳立てないで！　きっもっ！」

怒りの表情で、こちらに木の棒を投げつけてくる華恋。

俺はそれを簡単に回避するが、華恋《かれん》は追撃とばかりに俺の足を蹴《け》ってきた。

「いってぇーっ！」

「というかさ、お兄ちゃんはデリカシーがなさすぎ！　そんなノンデリ野郎で今のママと会っても、ちゃんと説得できるわけないじゃん！」

脛《すね》を蹴られた痛みで呻《うめ》く俺を見た華恋は、好機とばかりに言葉を畳み掛けてくる。

「キモキモ非モテのクソダサ大学生♡　女心をちっとも理解していないざぁこざぁこ男のお兄ちゃんは自分の立場をわきまえなっての♡　ばぁーか♡」

「うっ、ぐっ……！　好き放題に言いやがって！」

相変わらずのクソ生意気な言動にイラッとするが、華恋の言い分にも一理ある。

たしかに今の無策の状態で、母さんを見つけ出しても……この問題を打開できそうにない。

「だぁかぁらぁ、まずはこの世界をアタシと一緒に冒険して回ろうよ！　そうやって、この異世界がどんな異世界なのかをちゃんと理解するの！」

「この異世界を？」

「うん。ここは家出をしたママが理想として選んだ異世界なんだよ？　だから、この異世界のことが分かれば……」

「……なるほど。母さんが抱《かか》える不満や、何を望んでいるのかが分かるかもしれないんだな」

華恋もまた過去に現実逃避をするために、異世界転移を行っていた。

だからこそ、こうして母さんの気持ちを理解できるのだろう。

「お前の言う通りだな。ここは焦《あせ》らず。まずは情報から集めようか」

「ふふんっ！　お馬鹿なお兄ちゃんも、これで少しはお利口になれたね♡」

得意げに鼻を鳴らし、慎ましやかな胸を張る華恋の表情は満面の笑み。

もっともらしい説明をしていたくせに、結局のところ異世界を冒険できることが嬉しくて堪《たま》らないといった様子だ。

「じゃあ、早く行こっ♡　どうせ異世界での冒険に不慣れで下手くそな冒険者ドーテーなお兄ちゃんを、アタシがリードしてあげるっ♡」

「冒険者童貞って……勘弁してくれよ」

「いいから、ほらっ！　アタシについてきて！」

少し前までの、母さんがいなくなって不安そうにしていた表情はどこへやら。

すっかりご機嫌の華恋は俺の手を強く引き、異世界の道を駆け出していく。

「目的はママの捜索と説得！　アタシとお兄ちゃんの異世界冒険の始まりだよっ！」

しかし、なぜだろうか。

本来は切迫した危機的状況だというのに、華恋と一緒にいると……

どんな問題でも解決できる気がしてならないんだ。

二杯目✦『妹よ、荒くれ者たちには気をつけよう』

「じゃーんっ！　どう？　似合ってるでしょ？」

家出した母さんを追いかけ、辿《たど》り着いた先の異世界にて。

両手を腰に当て、格好よくポーズを決めている華恋《かれん》。

その服装は俺のお下がりである『カレー名言Tシャツ』ではなく、ポータルの力を利用して手に入れた異世界風の衣装へと変わっている。

「ああ、よく似合っていて可愛《かわい》いぞ」

以前、魔法使いの異世界でも着ていた大魔法使いカレリーナの衣装。

特に魔女の三角帽とマントが、華恋の小生意気な雰囲気とマッチしていて……いい感じだ。

「ふ、ふんっ！　アタシが可愛いのは当たり前のことだし！」

俺が素直に褒めると、華恋は照れたように頬《ほお》を赤らめてそっぽを向く。

それから華恋はチラチラとこちらの様子を窺《うかが》いながら、囁《ささや》くような声で喋《しゃべ》り始めた。

「……いつもダサいお兄ちゃんにしては、今日はそこそこ格好いいかも」

「お？　そうか？　あんまり、こういう格好には慣れてないんだけどな」

かくいう俺も異世界での冒険ということで、それに相応《ふさわ》しい格好へと着替えていた。

ファンタジーにありがちな、軽装の冒険者ルックといった感じでオシャレもクソもないような衣装なのだが……華恋はお気に召してくれたようだ。

「でもさ、冒険者なら剣くらい用意すればよかったのに」

「いいや、剣なんて俺には必要ないさ。俺の相棒は……コイツだけだ」

そう答えながら、懐《ふところ》から愛用のスプーンを取り出してみせる。

長年、人生という名のドラマティック・カレーライフを共にしてきた相棒は……俺の言葉に反応したように、キラリと眩《まばゆ》い輝きを放つ。

「はぁ……なーんか、台無しって感じ」

「え？　どうしてそうなるんだ？」

「もういいや。でも、この世界じゃなるべくカレーの話題は禁止ね？　ムードを壊さないで」

スプーンを見た華恋は口をへの字に曲げ、そのまま道を先に行く。

うーん、何をそんなに気にしているんだアイツは？

もしかして、未だに自分がマイスプーンを持っていないことへのコンプレックスなのか？

「おい、華恋！　待てって！」

やはり今度、華恋には特注のスプーンをプレゼントしてやろう。

そう思いながら、華恋の後に続いた……ちょうどそのとき。

「いやぁぁぁっ！　誰か助けてぇっ！」

「「っ!?」」

静かな森の中に響き渡る、女性の甲高い悲鳴。

その声色の大きさ、必死さからして……声の主が現在、非常に切迫した様子であることは疑いようがなかった。

「お兄ちゃんっ！　今のって……！」

「ああ、なんだかヤバそうだ！　急いで助けに行こう！」

俺と華恋《かれん》は顔を見合わせてから頷《うなず》き合い、共に全力で駆け出していく。

目指すのは勿論《もちろん》、悲鳴が聞こえてきた方角。

どうにか、間に合ってくれればいいんだが……！

□

鬱蒼《うっそう》とした木々の隙間から、僅《わず》かな光しか差し込まない森道。

女性の悲鳴を聞いて、慌てて駆けつけた俺と華恋が目にしたのは……ある意味、予想していた通りの光景だった。

「い、いやぁっ……！」

「ぐぇっへっへへっ！　覚悟するんだなぁ、姉ちゃん」

大きな大木を背にしてガタガタと震《ふる》える若き女性と、そんな彼女を追い詰めるようにジリジリと迫っている十数人の男たち。

小柄で華奢《きゃしゃ》な村娘といった容姿の女性に対し、迫る男たちの風貌《ふうぼう》はなんと禍々《まがまが》しいことか。

筋肉ムキムキの肌を惜しみなく出したレザーファッションに、肩には鋭いトゲパッド。

それに髪型もスキンヘッドやモヒカンばかりだし、その凶悪な人相も相まって……ただの山賊や野盗にしか見えない。

「おのれっ！　大の男たちが可愛《かわい》い女性を寄って集《たか》って襲うとは！　許せんっ！」

遠巻きにそんな光景を目にした俺は、怒りのままに全力疾走。

村娘さんを囲むガラの悪い男たちに特攻していく。

「なんだぁ、テメェ！　邪魔するなら……ぶべっ！」

「ハァァァァァッ！　ホワチャァァーッ！」

「ぎゃあああああああっ！」

子供の頃、母さんが好きでよく見ていたカンフー映画の動きを見よう見真似で、俺はモヒカン&スキンヘッド連合軍をなぎ倒していく。

「クソがっ！　妙な動きしやがって！」

「おいっ！　遠距離から魔法で攻撃だ！」

仲間の数人が瞬殺されたのを見た男たちは、慌てて俺から距離を取る。

そして魔法による遠距離攻撃を俺に放とうとしたが……

「えーいっ！　大魔術！　ウルトラ・ライトニング・サンダー・プラズマ・ボルトー！」

「「「「あばばばばばばばばぁぁぁぁぁっ！」」」」

大魔術師カレリーナ……もとい、華恋《かれん》の放った雷の魔法が彼らに降り注ぐ。

本来ならばその技名にツッコミを入れるところであるが、今は女性の救出が最優先。

震《ふる》えている女性を優しく抱き起こした俺は、そのままお姫様抱っこの体勢にもっていく。

「お嬢さん、大丈夫でしたか？」

「あ、あの……？　貴方《あなた》たちは？」

「フッ、名乗るほどの者ではありませんよ」

俺の首に腕を回す村娘さんの柔《やわ》らかな感触と、果実を思わせる甘い香り。

十九年間、彼女ナシ、未だ童貞の俺には……あまりにも刺激が強すぎる。

「おりゃぁぁぁぁぁぁっ！」

「うぉわぁっ!?」

突如として、俺の目と鼻の先にピシャーンッと落ちてくる落雷。

ギリギリで回避して後ろを振り向くと、こちらを凄《すご》い形相で見つめる華恋の姿があった。

「……お兄ちゃん？　今は人助けをしてるんだよね？　そうだよね？」

「も、勿論《もちろん》さぁ！　ハハハハハッ！」

ゴゴゴゴッと、凄《すさ》まじい殺気を放つ華恋に気圧《けお》され、俺は額《ひたい》から滝のような冷や汗を流す。

どうやら華恋の奴がヤキモチを焼いているようなので、ここはひとまず穏便に済ませよう。

「すみません、驚かせてしまいましたね」

「い、いえ。助けてくださり、ありがとうございます」

優しく語りかけると、女性はほんのりと頬《ほお》を染めながら頷《うなず》く。

長い茶髪を三つ編みにして、そばかすがチャームポイントの彼女は……全体的に肉付きがよく、ふくよかな感じが実に素晴らしい。

もしも大学でこんな子と出会ったら、小粋なカレーデートに誘いたいものだが……

「うっ、ぐぅっ……！」

「ちくしょう、よくもやりやがったな……！」

そんなことを考えていると、俺と華恋が倒した男たちがフラフラと立ち上がってくる。

そして恨みがましい目でこちらを睨《にら》みながら、足を引きずって後退していく。

「もう一歩で、その女も俺たちの同胞にできたっていうのに……」

「深追いは禁物だ。早くアジトに戻って、ママに報告するぞ！」

「テメェら、覚えていやがれ！　いつかママの力で、テメェらも赤ちゃんにしてやる！」

男たちはそう言い残すと、ゾロゾロと森の奥へと逃げ去った。

それを見届けた村娘さんはホッと胸を撫《な》で下ろしていたが……俺と華恋は首を傾《かし》げる。

「あの、すみません。あんなことがあってすぐで悪いんですが……質問をしても？」

「え？　はい、貴方《あなた》たちは私の恩人ですから。ご遠慮なんてなさらないでください」

そう話しながら、女性は俺の腕から地面へと足を下ろしていく。

うーん、もう少し彼女を抱き上げていたかったが……仕方ない。

「では、お言葉に甘えて。さっきの男たちは、一体何者なんですか？」

「なーんか、キモいこと言ってたよね？」

俺と華恋《かれん》が気になったのは、男たちの捨て台詞《ぜりふ》。

下劣な話だが、女性を襲って『赤ちゃん』を作ろうとする野盗の行動なら意味は通る。

しかしさっきの連中は俺たちに向かって「赤ちゃんにしてやる」と言っていた。

「なるほど、冒険者様たちは遠くの街からいらしたのですね。それならば、彼らのことを何も知らないのも当然です」

村娘さんは納得したようにそう呟《つぶや》いてから、青ざめた表情で語り始める。

「あの男たちは……通称『バブバブ団』といって、この世界中の人間を甘えん坊の赤ちゃんへと変えようとする……邪悪なギルドなんです」

「「………はぁっ？」」

彼女の口から語られた衝撃の内容に、俺と華恋は揃《そろ》って大口を開けてしまう。

バブバブ団？　甘えん坊の赤ちゃん？　何を言っているんだ、この人は……？

「信じられないのも無理はありません。私の街の人々も、最初はそういう反応でしたから」

悲しげに顔を伏せて、村娘さんは小さく首を横へ振る。

「全ての始まりは数日前でした。この地方で一番栄えている都市ゲンマッサに、一人の美女が現れたんです」

「美女……！」

「はい。年齢は二十代前半くらいと思われる彼女は、それはもう美しく……さらに恐ろしいことに、男たちを一目で魅了するほどの巨大なベリアルメロンをぶら下げていたのです」

ベリアルメロン、というのはこの異世界で有名なメロンの品種といったところだろう。

つまり、その美女はメロン級の爆乳を持っているということだ。

「その女性はやがて、とあるギルドを訪れます。そこは、世界中の野蛮な荒くれ者たちが集うとされる……最低最悪のギルドでした」

「そんなギルドに、ナイスバディの美女が訪れたら大変なことになるんじゃないのか？」

「ええ、そう思われるのが普通でしょう。しかし、実際はそうなりませんでした」

「あっ、分かった！　さっきの変態たちが言っていたママってのが、その女なんでしょ！」

名探偵も真っ青なドヤ顔で、ビシッと人差し指を突き出して叫ぶ華恋。

その推理は見事に的中していたようで、話をしてくれる村娘さんは大きく頷《うなず》いた。

「はい。方法は不明ですが、その女は一瞬にしてギルドの荒くれ者たちを虜《とりこ》に……自分の言いなりへと変えてしまったようなのです」

「どうせスケベな理由なんじゃないの？　そういう馬鹿、アタシもよく知ってるもん」

ジト目で俺を見ながら、吐き捨てるように呟《つぶや》く華恋《かれん》。

失礼な。まるで俺が美女に弱いみたいな言い分じゃないか……！

「多分、そうなんでしょうね。とにかく分かっているのは、この地方最大のギルドは謎の女に支配され……バブバブ団と名を変えてしまったこと。そして彼らが、その女を『ママ』と呼んで慕い、世界中の人間をママの子供にしようと企んでいることです」

たしかにここだけ聞けば、何を馬鹿なことを言っているんだと言いたくなる。

「すでに、私の村の若い男たちも何人か……バブバブ団の元に降《くだ》っているんですよ」

だが、村娘さんの悔しげな顔や……先ほどの襲撃事件を目の当たりにした以上、信じないわけにはいかないな。

「……ん？　というか待てよ。数日前に現れた……二十代前半くらいの、超巨大なおっぱいを持った美女？　荒くれ者たちから、ママと呼ばれている？」

おかしいな。不思議なことに、その条件にとてもよく当てはまる人物に心当たりがある。

三十八歳でありながら、二十代前半にも負けない美貌《びぼう》を持ち……それはもうとんでもない超特盛マウンテンカレーをお持ちである、世界一のママの存在を。

「なぁ、華恋……？　まさかとは思うが……」

「や、やめてよ！　そんなわけないじゃん！」

言葉ではそう言いつつも、華恋も内心では勘づいていたのだろう。

自分の体を両手で抱きしめるようにして、ガタガタと震《ふる》えている。

無理もない。十歳の女の子に『実の母親が屈強な荒くれ者たちに自分をママと呼ばせ、従わせている』なんて事実はあまりにも衝撃すぎるからな。

「あの、どうかされましたか？」

「いいえ、お気になさらないでください。それよりも、そのゲンマッサという街の方角を教えてもらえませんか？」

「ええ、構いませんよ。ですが、ゲンマッサは今やバブバブ団によって完全に支配されていると聞いていますから……向かわれるのなら、お気をつけて」

その後、俺たちは村娘さんからゲンマッサの方角を教えてもらった。

何度も頭を下げ、お礼を言って去っていく村娘さんを見送り……いよいよ、そのゲンマッサという街を目指そうとしたところで。

「ねぇ、お兄ちゃん」

さっきから塞《ふさ》ぎ込んでいた華恋が、俺の傍《そば》にピッタリとくっつきながら口を開く。

「バブバブ団のママって、本当にアタシたちのママなのかな？」

「……分からないが、その可能性は高いだろうな」

どうせすぐに答えが出ることなので、下手な気休めはせずに正直に話す。

すると華恋《かれん》は、じわりと目に涙を浮かべ始めた。

「……こっちの世界でママをやってるってことは、アタシたちのママを辞めたってこと？　アタシたちがいらなくなって、捨てるつもりなのかな……？」

「何を言ってんだ。そんなわけないだろ？」

「じゃあ、なんで？　ママはアタシたちを置いて、この世界に逃げてきたの？」

ぎゅっと俺の腕を掴《つか》みながら、涙交じりの声で訊《たず》ねてくる華恋。

たしかにそこを突かれると痛いのだが、俺はそこまで心配はいらないと思っている。

「本気で俺たちを捨てるつもりなら、書き置きの手紙に『ママのところに来てくれてもいい』なんて書かないはずだろ？」

「……うん」

「父さんとの間に何があったかは分からないけど、母さんは母さんだ。お前だって、母さんが俺たちを誰よりも愛してくれていることは知っているはずだぞ？」

「うん、そうだよね。ママが、アタシたちを捨てるなんてありえない」

俺の言葉で少し元気を取り戻したらしい華恋は、ホッと胸を撫《な》で下ろしている。

なんだかんだ言って、華恋もまだまだ甘えん坊盛り。

自分の元から母さんがいなくなったことで、精神が不安定になっていたのだろう。

「とにかく今できることは、バブバブ団のアジトに乗り込むことだ。そこで、例のママとやらが母さんなのかどうか……確認しよう」

母さんがなぜ、父さんとの離婚を決意したのか。

母さんが今、どこで何をしているのか。

母さんを連れ戻すには、どうすればいいのか。

まだまだ分からないことばかりだが、ここでウジウジと悩んでいても仕方ない。

「さぁ、行くぞ華恋」

「むー！　リードするのはアタシなの！　お兄ちゃんはアタシについてきて！」

俺の手を乱暴に引いて、懸命に駆け出していく華恋。

いつの間にか、すっかり頼りになった妹の背中を眺めながら……俺はふと思う。

「（俺の妹、マジで可愛《かわい》すぎだろ……）」

だから、母さん。

こんなに可愛い華恋を心配させたり、泣かせたりするようなことはやめてくれよ。

そして、一緒に家に帰って……またみんなで美味しいカレーを食べようぜ。

□

大都市ゲンマッサ。

多くの冒険者ギルドが集まる街として名を馳せるというその都市は、平時から多くの冒険者たちが滞在する街なのだそうだ。

しかし今やゲンマッサは、不気味なほどの静けさに包まれている。

街を行き交う人々の姿はほとんどなく、どの家々も堅く閉ざされているばかり。

そんな人気《ひとけ》のない道を歩いていると時折、赤ん坊らしき泣き声が聞こえてくる。

ただしそれは愛らしい赤ちゃんの甲高い声ではなく、野太い成人男性のものだが……

「……ここだな」

異様な雰囲気を漂わせるゲンマッサの街を、妹の華恋《かれん》と共に歩き続けて十数分。

ようやく辿《たど》り着いたのは、この街でも最大規模のギルド施設。

俺はその壮大な建物を一度見上げてから、木製の扉を開いていく。

「……へへへっ」

「ヒューッ、こいつぁ上玉じゃねぇか」

ギルド内に併設された酒場には、バブバブ団のメンバーと思われる荒くれ者たちがたむろしており……来訪者である俺と華恋に視線を向けてくる。

だが、俺たちは少しも臆《おく》することなく……酒場のカウンターまで一直線に進む。

「マスター、アイスミルクをくれ。二人分な」

カウンターに腰を下ろし、俺はカウンター内にいる初老男性に注文を伝える。

すると突然、スキンヘッドの大男がこちらへ近づいてきて……俺の肩に手を置いた。

「おい、兄ちゃん。ミルクを頼むなら、哺乳瓶《ほにゅうびん》も必要じゃねぇのか？」

大男がそう言い放った瞬間、ギルド内は大笑いに包まれる。

ふと視線を横に向けると、周囲のテーブル席にはジョッキの代わりに哺乳瓶が置かれているし、荒くれ者たちの大半がその口におしゃぶりを咥《くわ》えている。

なかには赤ちゃんをあやすためのガラガラを片手に握りしめ、振り鳴らす者までいる始末だ。

「……可愛《かわい》いガキを連れているじゃねぇか？　あ？　コイツはさぞかし、立派な赤ん坊になりそうだなぁ、おい」

顎《あご》を擦《さす》りながら、いやらしい目で華恋を見る大男。

その気色悪い視線を受けた華恋は、怯《おび》えたように俺の腕をぎゅっと掴《つか》む。

いくらチート能力で強化されているとはいえ、見知らぬ荒くれ者から『赤ちゃん化』目当てで見られるのは耐え難いものだろう。

「悪いが、俺も妹も……赤ちゃんになるつもりはない」

俺は肩に置かれていた手を振り払い、席から立ち上がる。

そしておしゃぶりをねぶる大男を睨《にら》みつけながら、単刀直入に用件を伝えた。

「俺たちはママに会いに来たんだ。ママと話をさせてくれ」

「ママと話だぁ？　テメェ、夜泣きは寝てからにしろよ」

それは「寝言は寝て言え」と言いたいのか？

と、俺がツッコミを入れるよりも先に周囲のテーブルの荒くれ者たちが動き出す。

全員が片手に哺乳瓶《ほにゅうびん》、もう片手に武器を手にし……怒りの表情で俺と華恋《かれん》を取り囲む。

「ママに甘やかしてもらえる権利の順番は、厳格な抽選で決定しているんだ」

「横入りをしようとする奴は、誰であろうと強制赤ちゃん化の刑にしてやるバブ」

「おんぎゃーっ！　おんぎゃーっ！　マァマァーッ！」

理解に苦しむ、意味不明な言葉を羅列するバブバブ団のメンバーたち。

取って付けたように語尾にバブを入れるモヒカン君はともかく……最後の奴に至っては、もはや意識が完全に赤ちゃんになっているじゃねぇか。

「……ふぅ。見た目が大人とはいえ、赤ちゃんが相手なら仕方ないな」

俺はすかさず、懐《ふところ》から第二の相棒……木製しゃもじを取り出す。

赤ちゃんに金属製のスプーンは危ないからな。

離乳食を与える時も、木製かプラスチック製のスプーンを使用するのが基本だ。

そう、俺も昔は赤ちゃんの華恋によく……ああ、懐かしいなぁ。

「ホギャーッ！」

「お兄ちゃんっ！　何をボーッとしてんの！」

俺が赤ちゃん時代の華恋を思い出していると、バブバブ団の一人が奇声を上げながら襲いかかってきた。

「おおっと、悪い。つい、昔を懐かしんでいた」

華恋の呼びかけで我に返った俺は、その攻撃をギリギリで回避。

すれ違いざまに、大男のお尻に木製しゃもじの一撃を叩《たた》き込んだ。

「あいっだぁぁぁぁぁぁぁっ！」

「ん？　どうした？　赤ちゃんロールプレイが解けているぞ？」

尻を叩かれた荒くれ者は、苦悶《くもん》の表情を浮かべて床の上を転がり回っている。

その姿はどこからどう見ても赤ちゃんではなく、ただのゴツいおっさんであった。

「てめぇっ！　よくも俺たちの同志を……！」

「もう許さねぇバブ！　これでも喰《く》らいやがれぇぇぇぇバブゥ！」

仲間の報復とばかりに、次から次へと飛びかかってくるバブバブ団であったが……

「ああもうっ！　きっしょぉぉぉぉいっ！」

「「「「うぎゃああああああああっ！」」」」

とうとう我慢の限界を迎えた華恋が、怒り任せに魔法を発動。

全身から迸《ほとばし》る雷魔法で、飛びかかってきたバブバブ団のメンバーたちを痺《しび》れさせていく。

「ぐへぇあっ……!?」

「バブバブだか、なんだか知らないけどさぁ！　いい加減にしてよね！　大人が赤ちゃんの真似っこをするなんて、アホ丸出しじゃん！」

両手を腰に添えて、フンスと小さな胸を張る華恋《かれん》。

わずか十歳の小娘である華恋には、赤ちゃんプレイに理解を示すことは難しいだろう。

しかし俺は、たまに母さんに甘えたくなることがあるので……彼らが母性とバブみを求め、オギャる気持ちは分からなくもない。

「そう言うな、華恋。この人たちにだって、何か理由があるのかもしれない」

「は？　お兄ちゃん、まさかこんな連中の肩を持つわけ？」

雷魔法を受けて倒れ伏す男たちを指差しながら、華恋はこちらに軽蔑の目線を向けてくる。

ここで下手な発言をしたら、一週間は口をきいてくれなくなりそうだな。

「肩を持つとか、そういう話じゃない。ただ、相手の趣味趣向を一方的に悪く言うのは良くないってことだ。お前だって、趣味のカレーを悪く言われたら嫌だろ？」

「いつからアタシの趣味がカレーになったわけ？　キモキモお兄ちゃんと一緒にしないで」

頬《ほお》を膨らませながら、華恋は俺の足をゲシゲシと蹴《け》りつけてくる。

おかしいな。全人類の大半は、カレーを趣味としているものだと思っていたのだが。

「そんなことより！　さっさとママを捜さなきゃ！」

「おお、そうだったな。うっかり忘れてた」

華恋の言葉で本来の目的を思い出した俺は、カウンター内で怯《おび》えているマスターに訊《たず》ねる。

「このギルドを支配している『ママ』というのは、どこにいるんだ？」

「お、おぎゃあ……」

「話さないなら、お前も赤ちゃんから目覚めさせてやるぞ」

バーテンダーのような格好に、ちょび髭《ひげ》という白髪頭のマスター。

シェイカー代わりに哺乳瓶《ほにゅうびん》を握りしめる彼に、ちょっと強めの語気で迫っていると……

「やめなさい、来人《らいと》。相手は罪のない赤ん坊なのよ」

「「っ!!」」

聞き覚えのある澄んだ声が、ギルド内に響き渡る。

その声に反応した俺と華恋が同時に顔を上げると、そこに……俺たちの捜し人がいた。

「母さん……」

ロフトのようになっているギルドの二階。

その手すりに手を置きながら、俺たち兄妹を見下ろしている母さん。

「来人、華恋ちゃん。ママのところに来てくれたのね、嬉しいわ」

「母さん、その姿は……」

こちらを見下ろしながら、普段のように柔《やわ》らかな笑顔を向けてくる母さん。

しかし、その格好はいつもの母さんとはまるで異なっていた。

まず、シニヨン結びの桃色の髪を下ろしていること。

そして、身に纏《まと》うのは胸元が大きく開いた黒のドレスだということ。

「(エッッッッッッッッッ!!)」

なんという……! なんという、はしたなさだ!

実の息子であるこの俺が、ここまで理性を揺さぶられることになるとは……!

というか反則だろそのドレス! その谷間!

許されるのならば、赤ちゃんの頃に戻って、再びその胸に抱かれ……

「……お兄ちゃん?」

「おっぱ……ん? どうした華恋《かれん》?」

「鼻の下が伸びてるんだけど? キモ、クズ、変態、今すぐカレーを喉に詰まらせて死んで」

氷のように冷たい視線で俺を睨《にら》みつけながら、怒涛《どとう》の罵詈雑言《ばりぞうごん》を飛ばしてくる華恋。

い、いかん! 危《あや》うく俺も母さんに取り込まれてしまうところだった。

ここはどうにか理性を保ち、母さんを説得しないとな。

「もう、二人とも。喧嘩《けんか》なんてしちゃダメよ? 家族は仲良くしないと」

そう言って母さんは歩き出し、近くの階段を使って一階へと下りてくる。

その際、母さんの足が動く度に……ドレスのスリットが大きく開き、艶《なま》めかしい生脚がチラチラと見え隠れしていた。

「(ドエッッッッッッッッッ!!)」

あまりにも破壊力の高すぎるその光景に、俺は再び意識を揺さぶられる。

おいおい、これが本当に二人の子供を産んだ女性のスタイルだというのか……？

とてもじゃないが、信じられない……！

「……クソザコドーテーマザコンのお兄ちゃんは放っておくとして」

そんな俺の反応がよほど不快だったのだろう。

長らく封印していたガチ童貞煽《あお》りすら解禁した華恋は、冷ややかな表情のまま口を開く。

「ママ、こんなとこで何してんの？」

「あらあら、華恋ちゃん。そんなに怖い表情をしたら、可愛《かわい》いお顔が台無しよ？」

「茶化さないで！　アタシ、本気で怒ってるんだから！」

両腕を組んで、憤怒のオーラを立ち上らせる華恋。

実の兄である俺でも恐怖を覚える威圧感だが、母さんはそれを涼しい顔で受け流す。

「そうなの？　でも、私だって譲れないことはあるのよ？」

「あえ……？」

涼しい顔で受け答えする母さんの態度に、華恋は戸惑った様子で意気消沈《いきしょうちん》する。

無理もない。今までは華恋がどれほどワガママを言おうと、癇癪《かんしゃく》を起こそうとも……母さんはそれを優しく受け止め、華恋の言う通りにしてあげていた。

それなのに今は、怒る華恋《かれん》を前にしても平然とした態度を崩さない。

「パパと何があったかは知らないけど、いいから帰ってきてよ！」

「そういうわけにはいかないわ。私はね、もうあの人を許すことができないの」

「で、でも！」

「そもそも、華恋ちゃんは私の味方になってくれると思っていたのだけれど」

「へっ？　なんでそう思うの……？」

「現実の世界が嫌だから、異世界で過ごしている方がいいって……今までずっと、そう言っていたじゃない」

ニコニコと微笑《ほほえ》んだまま、あっけらかんと言ってのける母さん。

その言葉は華恋の胸に刺さったらしく、あんなに意気込んでいた華恋はあわあわとした様子で俺の方へ振り返ってきた。

「お、お兄ちゃん……」

「後は任せろ。お前に母さんの相手はまだ早い」

どれだけおっとりとした性格でも、母さんは大人の女性だ。

小学五年生の女の子じゃ、説得の荷が重いのも当然だろう。

「たしかに母さんの言うことは一理あるかもしれない。でも、そんな華恋を現実に連れ戻してきたのが俺だし……俺にそれを依頼していたのは母さんじゃないか」

「…………」

俺の言葉に母さんは黙り込み、眉間《みけん》に僅《わず》かな皺を寄せる。

フッ、これが大人の男の交渉術というものだ。

相手の主張も認めつつ、その矛盾点を理路整然《りろせいぜん》と指摘していく。

これで母さんも、自分が感情的な行動を取っていることに気づいてくれるはず……

「たしかに私は華恋ちゃんを連れ戻してほしいとお願いしていたわ。でもそれは、家族がバラバラに過ごすのはよくないと思っていたからよ」

「……ん？」

「だけど。貴方《あなた》たちはこの世界に来てくれた。これからは家族三人、異世界で仲良く暮らしていけばいいんじゃないかしら？」

「な、何を言ってんだよ！　父さんはどうするんだ！」

「あんな人は知りません。もう離婚するから、私にとっては他人だし……貴方たちも会いたい時には、向こうの世界に帰ればいいわ」

つまり、母さんはこう言いたいわけか？

これまでは元の世界をベースに生活し、たまに異世界へと遊びに出かけていた。

だけどこれからは、この異世界をベースとして……元の世界へ、たまに帰る形にすると。

「いずれ、田舎のおじいちゃんとおばあちゃんも連れてきたいわねぇ」

頬《ほお》に手を添えながら、未来の計画まで語り始める母さん。

その顔はどこからどう見てもマジで、冗談を言っているようには見えない。

「何をふざけたことを！　華恋《かれん》もようやく学校に通えるようになって、これからって時に！」

「……来人《らいと》、それは違うわ。大事なのは華恋ちゃんが学校に通うことじゃなくて、過去の辛い体験を乗り越えて成長したという事実よ」

「そ、そうだけど……！」

「なら、あっちの世界の学校にこだわる必要はないでしょ？　こちらの世界にも学校はあるし、来人だって元々は転校に賛成だったでしょ？」

「いや、それは……！」

「というより、元の世界に戻ることに制限はないんだから……異世界で暮らしつつ、学校の時だけ元の世界に帰ればいいわ」

「だったら、今まで通りの生活を続けても同じ……」

「来人は私に、嫌いな人と仮面夫婦を続けてほしいの？　あの人の姓を名乗り、あの人の妻として……貴方《あなた》たちを育てろって、言いたいの？　私の意思は認めてくれないの？」

「うっ、ぐぅ……！」

「それとも、成長した貴方たちにとって大事なのはあの世界であって、私なんてもう必要ないのかしら？　ママを捨ててでも、あの世界で暮らしたいの？」

俺が何か言い返そうとするよりも先に、先手を打ってくる母さん。

しかもその理論武装は、俺に付け入る隙を与えないという盤石さ。

「……フッ、今日はここまでにしておいてやるか」

前髪を爽《さわ》やかに払って、俺はすごすごと引き下がっていく。

するとその尻を、ガツンッと蹴《け》りつけてくる者がいた。

「何格好つけてんの！　完全に言い負かされてんじゃん！」

「ち、違うし……これは戦術的撤退というか、相手を油断させる交渉術というか……」

「もういいっ！　お兄ちゃんなんかを頼ったアタシが馬鹿だった！」

強引に俺を押しのけた華恋はのっしのっしと前に進み、母さんと向かい合う。

「ゴチャゴチャうるさいっ！　帰ってきてくれないなら、力ずくで連れ帰るから！」

そう叫びながら、右手に魔力の雷をバチバチと帯電させる華恋。

口で勝てないなら実力行使。たしかにその選択は、時に有効だと言えるだろう。

「あらあら、まぁ。華恋ちゃんったら、本当にお転婆なのねぇ」

だが、今回に限っては……その選択は悪手だと言わざるをえない。

なぜなら俺たちの母さんは、通信教育で空手をマスターしているのだから。

「娘が母を超えようと挑んでくるなんて、燃えるシチュエーションね♡　血湧く血湧く♡」

スリットの深いドレスで大股を開きながら、バキボキと拳を鳴らす母さん。

表情は満面の笑みなのに、その背後には世紀末を生きる暗殺拳の使い手の姿が見える……！

「はわわわわわわっ!?」

母さんの闘気を目の当たりにした華恋《かれん》はすっかり怯《おび》え切り、恐怖で腰を抜かしていた。

いかん、このままでは華恋が三年ぶりのお漏らしをしてしまいかねない。

ここは再び、兄の威厳を見せる時が来たようだ。

「ちょっと待った、母さん」

「あら、来人《らいと》が相手してくれるの？　うふふふっ……それは楽しみね♡」

「い、いや！　親子で野蛮なことをするなんてダメだ！　もっと平和的に解決しよう！」

ノリノリで拳を振り上げようとする母さんを、俺は必死に制止する。

冗談じゃない。ただでさえ俺よりも強い母さんが、異世界転移によって肉体を強化されたとなると……その拳の破壊力は想像を絶するものだ。

「平和的？　なら、どうするというのかしら？」

「……そうだな。ここはあえて、母さんが得意とするもう一つのジャンルで勝負しよう」

「得意なジャンル？　そんなものあったかしら？」

右手の人差し指を顎《あご》先に当てて、うーんと考え込む母さん。

白を切っているわけではなく、本当に心当たりがないといった感じだ。

「料理だよ。母さん、今から俺と料理対決をしてくれ」

「っ⁉」

俺が勝負の方法を明かした途端、母さんも華恋も驚愕《きょうがく》で息を呑《の》む。

当然だ。今、俺が言ったことは……歴戦の狼に狩りの勝負を挑むようなもの。

「しょ、正気なの？　あのママに、料理勝負……？」

華恋は震《ふる》えながら俺の服を掴《つか》み、くいくいと引っ張ってくる。

あの華恋がここまで狼狽《うろた》えるほど、勝算の見えない勝負だということだ。

「ああ、勿論《もちろん》だ。ちょうど小腹も空いてきたし、うってつけの勝負だろう？」

「……来人、どういうつもり？」

その声を聞いた瞬間、心臓をギュッと鷲掴《わしづか》みにされたような感覚が襲う。

前を見れば、いつしか笑顔が消えて……真顔の母さんが俺を見つめている。

「もしかして、私を馬鹿にしてる？　それとも……すごーく馬鹿にしているの？」

二十年以上も主婦をやってきた自分に、一人暮らし経験もない息子が料理勝負を挑む。

それは母親として、屈辱以外の何物でもなかったようだ。

「そんなことないさ。ただ、色々と打算はあるけどね」

「打算ですって？」

「だって、母さんが苦手な勝負方法だと……負けた時に禍根《かこん》が残るかもしれない。でも、料理勝負で俺に負けたら、もはや言い逃れはできないだろ？」

あくまでもこの勝負は、母さんを元の世界へ連れ戻すことが最大の目標だ。

意固地になっている母さんの心を折るには、母さんが絶対の自信を持つ料理で勝負するのが一番だと考えた。

「……いいわ。もし来人《らいと》が勝てば、言う通りにするわ。でも、私が勝ったらどうするの？」

「敗者は勝者に従うのみ。母さんと一緒に、この世界で暮らすことを受け入れるよ」

「お兄ちゃんっ！」

俺の服の袖を強く引いて、華恋《かれん》が首をブンブンと左右に振る。

だけど俺はそんな華恋の頭に手を置いて、安心させるように囁《ささや》いた。

「大丈夫だよ、華恋。俺はお前の兄ちゃんだぞ？」

だから、誰にだって負けない。

最後にそう締めくくって、俺は母さんの目の前へと歩み出る。

「ルールはどうする？」

「そうね。公平を期するために、コレを使うとしましょうか」

母さんがパチンッと指を鳴らすと、反対の手に一体の人形が出現する。

それは赤ちゃんの形をしていて、指を咥《くわ》えながら穏やかな顔で瞼《まぶた》を閉じていた。

「これは『無垢《むく》なる赤子』といって、この世界で有名な魔法アイテムなの」

「魔法アイテム？　一体どんな効果が……？」

「来人、なんでもいいから適当に嘘《うそ》を吐《つ》いてみて」

「うーん……嘘と言われてもな」

「はぁ？　何を悩んでんの？　嘘くらい、適当に言えばいいじゃん」

どんな嘘を吐こうかと悩んでいると、背後から華恋が俺を小突いてきた。

「いや、案外思いつかないというか……」

「あっきれた。お兄ちゃんのそういう頼りないとこ、本当に大っ嫌い」

ジト目の華恋が、不満げに吐き捨てた瞬間。

突如として、母さんの手の中の赤ちゃん人形がカッと目を見開く。

『おんぎゃあっ！　おんぎゃあっ！　大っ嫌いは嘘バブ！　本当は大好きバブ！　世界中のだれよりも、大大大大大大だぁぁぁぁぁぁいすきバブゥゥゥゥゥゥゥゥゥッ！』

体全体を激しく左右に揺さぶりながら、けたたましく絶叫する無垢なる赤子。

その声を聞いた華恋は唖然《あぜん》としたように硬直していたが……すぐにハッと我に返る。

「は、はぁぁぁっ⁉　いきなり何を言ってんのぉぉっ⁉」

耳まで真っ赤になりながら、その場で地団駄を踏む華恋。

その微笑《ほほえ》ましい姿を横目に見ながら、俺は母さんに話しかける。

「なるほど、そのアイテムは嘘を暴くのか」

「ええ。だから誰が審査員をしても、不正なく勝敗を決めることができるの」

「待って、このアイテムは壊れてるよ！　アタシ、お兄ちゃんのことなんて嫌いだもん！」

『おんぎゃあああああああああっ！　お兄ちゃんが嫌いだなんて嘘《うそ》バブ！　昔から今まで一度も嫌いになったことなんてないバブ！　最近は特に想いが強くなって……』

「ああああああああああっ！　うるさぁぁぁぁぁぁぁぁぁぁいっ！」

無垢《むく》なる赤子の声を遮《さえぎ》るように、茹でダコ状態の華恋《かれん》が大声を張り上げる。

全く、華恋の奴。お前が俺のことを大好きなことなんて、分かりきっているというのに。

何を慌てふためく必要があるんだ？

「よし、じゃあ審査員は華恋も含めて……バブバブ団のメンバーたちにしよう」

「そうしましょう。貴方《あなた》たち、そろそろ起きられるかしら？」

母さんが振り返り、床に転がっていた荒くれ者たちに声を掛ける。

すると彼らは一瞬にして起き上がり、姿勢正しく直立不動の体勢となった。

「「「「バブッ！　ママのために、おっきするバブ！」」」」

「まぁ、偉いわね。みんな、後でいい子いい子してあげる♡」

「「「「バブゥ〜〜〜〜〜！」」」」

見た目も声も野太い連中が、俺の母親にバブバブしている光景を見るのは……なんというか、胸の奥にドス黒いものを感じるな。

でも、今はそんな嫉妬《しっと》心を覚えている場合じゃない。

「随分と慕われているんだな、母さん」

「この世界に来て、色々あったのよ。この子たち、見た目は怖いけれど……本当は素直でいい子たちばかりでね。ついついつい構ってあげたくなっちゃうの」

「ついついってレベルか？　来月には三十九歳になるってのに、そんな服まで着て……」

「酷いこと言わないでよ。これでも十分、実年齢よりも若いって言われるのよ？」

そう言いながら、グラビアアイドルのようにポーズを取ってみせる母さん。

うん、俺もそう思うんだけども……ここで肯定するわけにもいかない。

「いやいやいや、年を考えろっての。アラフォーがする格好じゃないって」

「……ふふっ、来人《らいと》。貴方は本当に手のかからない子だったけど……たまにはじっくりと、お仕置きをするのも悪くないかもね」

「冗談はよしてくれ。俺だってもうすぐ二十歳なんだぞ？　もう母さんにお仕置きされるような年じゃないさ」

「貴方がいくつになっても、私の可愛《かわい》い子供だってことは変わらないわよ」

そこまで言ってから、母さんは自分の右手を前にかざす。

「顕現しなさい！　聖なる光！　エクスカレードル！」

詠唱と同時に、母さんの右手に現れたのは光り輝くレードル……つまりはお玉であった。

「さぁ、来人。決戦のキッチンフィールドへ行きましょう」

言うが早いか、母さんはエクスカレードルを魔法の杖のように振るう。

直後、俺たちの体が一瞬だけフワッとした浮遊感に包まれた。

そして気がつくと、周囲の景色が一変していた。

「ここは……闘技場か？」

母さんの力で、俺と華恋《かれん》……そしてバブバブ団のメンバーたちも同時に、ギルドから別の場所に強制転移させられたのだろう。

俺たちが今いる場所はローマにあるコロッセオのような闘技場、その中心部。

さらにそこに、テレビのバラエティ番組で見たことあるような審査員席と……これまたバラエティ番組で見るような調理台が二か所、左右に分かれて存在していた。

「これ、ママが用意したの？」

「そうよ。チート能力って、本当に便利よねぇ」

エクスカレードルを握ったまま、クスクスと笑う母さん。

異世界に来るのは今回が初めてだろうに、すでにチート能力も使いこなしているようだ。

「一応、食材も調理器具も一通り用意してあるわ」

「構わない。もし足りないモノがあれば、俺も自分の能力で用意するからな」

「ありがとう。じゃあ、そろそろ大事なことを決めましょうか」

ペチペチとレードルを自分の胸の上に当てながら、母さんは挑発的な表情を浮かべる。

「料理対決のお題だけど、カレーだけは禁止にしましょう」

「なんだって？　カレーが禁止？」

「……来人《らいと》にとっても、悪い条件じゃないでしょう？」

たしかに、その通りだ。

母さんの作るカレーが世界一の美味さを誇る以上、勝利することは難しい。

でも、だったらなぜ母さんは自分が不利になるようなルールを提案してきたんだ？

どうにも、何か裏があるような気がしてならない。

「いいじゃん！　お兄ちゃん、チャンスだよ！」

「あ、ああ……分かった。それでいいよ、母さん」

妙な引っ掛かりを覚えながらも、華恋の後押しもあって……俺は条件を受け入れた。

「うふふっ……ありがとう。じゃあ最後に、審査員の選定なんだけど」

「ママ！　我らに任せるバブよ！」

突如として、俺たちの間に割って入ってきたのは……四人の男たち。

やはりというべきか、全員が口におしゃぶりを咥《くわ》えた成人男性である。

「なんなのコイツら……ウッザ」

「ウザくて結構バブ。我ら、ママの手料理を食べられるためならなんでもするバブ！」

ボソッと呟《つぶや》かれた華恋の暴言もなんのその。

屈強な男たちは、どことなく清々《すがすが》しい顔でポーズを決める。

「「「「我ら四人はバブバブ四天王！」」」」

「バ、バブバブ四天王……？」

「そうバブ。ママの実子たちよ、うぬらにも名乗っておくバブ」

呆気《あっけ》にとられる俺たちに向かって、バブバブ四天王たちは自己紹介を始めた。

「我こそは元S級ギルド『紅蓮《ぐれん》の孤狼《ころう》』のギルドマスター！　ヴォルフ・フォビドゥン！」

最初に名乗ったのは。頬《ほお》に大きな傷を持つ半裸の男。

多分、母さんがギルドを乗っ取る前のマスターだった人だろう。

「ママのことがとっても大好きバブ！　バブバブバブッ！」

過去には多くの団員を従えていたであろう彼も、今ではこの有り様である。

恐るべしは、母さんのバブみか……

「お初にお目にかかりまちゅ。僕はバブバブ団一の切れ者、ブレイン・カラミティ」

続いて出てきたのは、モヒカン、肩パッドという……切れ者とは程遠い印象の男。

いや、取って付けたような黒縁メガネのおかげで……僅《わず》かな知性は感じるか？

「フッ、ママが料理対決で勝利する可能性は……百兆万パーセントでちゅ〜〜〜！」

ああ、心配いらないな。やっぱ馬鹿だ、コイツ。

「ママ、マモル……バブ！　オデ、パワーグ・デストロイ……ソレガ、ナマエ」

三人目はかなりの大柄な人物……というか、肌も緑色だしオークじゃね？

いや、どんな種族の方がいてもいいんだけども。

というか、さっき四人で名乗っていた時にはカタコトじゃなかったよな？　あれ？

「ヒトハオデノゴト……バケモノトヨブ、バブ。ママト、ナカマタチイガイノミンナ……オデヲイジメル、バブ」

「いじめ……可哀想《かわいそう》。全然、普通の見た目なのに」

過去にいじめを体験していた華恋《かれん》は、パワーグの境遇に共感したのだろう。

悲しそうに目を潤ませながら、その巨大を見上げていた。

「……オマエ、ヤサシイ。ママニ、ニテル……イイコ、バブ！」

「でも、バブバブ団はキショいから辞めた方がいいよ」

「ウグォオオオオオオオオオッ！　オマエテキ！　ユルサナイ！」

少女と心優しいオークが心を通わせたかと思いきや、すぐに決裂してしまったようだ。

「まともなのはいないのか……」

「驚かせてすまないね、君たち」

これまでの三人の自己紹介にげんなりとしていると、最後の一人が前に出てくる。

「僕はベイビ・レイダー。おおよそ話は聞いていたけど、君たちはママの実子なんだろう？

親子対決なんてあまり褒められたものじゃないが……いい勝負を期待しているよ」

「あ、はい……」

爽《さわ》やかな笑顔と声で、赤ちゃん言葉も使わずに語りかけてくるベイビさん。

これだけ聞けば、割りとまともな人もいたんだ……と思うかもしれない。

しかし、この人物にも当然のように問題はあるわけで。

「うわぁ……」

青ざめた顔で、ヒクヒクと口元を痙攣《けいれん》させる華恋《かれん》。

それもそのはず。ベイビさんはその鍛え上げられたムキムキの肉体にオムツだけ穿《は》いた状態で……口にはおしゃぶり、右手には哺乳瓶《ほにゆうびん》、左手にはガラガラを握っているのだ。

むしろここまでやっておきながら、口調だけ普通なのが逆に怖い。

「「「ママ！　我らに審査員をお任せください！」」」

「あらあら、やる気十分なのね。それじゃあ、お願いしようかしら」

ヤバい男たちの審査員志願を、微笑《ほほえ》みながら受け入れる母さん。

まぁ、色々とツッコミたいところはあるが……どうせ無垢《むく》なる赤子があれば、料理の評価に対して嘘《うそ》は吐《つ》けないわけだし、誰が審査員でも問題ない。

「母さん、奇数にするために華恋を最後の一人に加えてもいいか？」

「勿論《もちろん》よ。じゃあ、審査員のみんなは審査員席に移動してね」

母さんに促されたバブバブ四天王たちは、揃《そろ》って審査員席へと向かう。

「ほら、華恋。お前も向こうで待ってろ」

「……ねぇ、お兄ちゃん。本当に、ママに勝てるの？」

不安そうに俺の顔を見つめながら、華恋は震《ふる》える声で訊《たず》ねてくる。

「難しいな。だけど俺だって馬鹿じゃない。勝算はあるつもりだよ」

「本当？　信じてもいい？」

「ああ、任せろ。みんなで家に帰って、また仲良くカレーを食べよう」

「……うんっ！」

安堵《あんど》したように笑みをこぼした華恋は、トテトテと審査員席へと駆け出していく。

その後ろ姿を見送りながら、俺は絶対に負けるわけにはいかないと気を引き締めた。

「勝負だ、母さん。俺は今日、貴方《あなた》を超えてみせる！」

「あはっ♡　嬉しいことを言ってくれるのね、来人《らいと》♡　でも、まだ早いわよ？」

自分が負けるとは微塵《みじん》も思っていない余裕の笑みを見せる母さん。

せいぜい油断していればいい。その慢心にこそ付け入る隙があるというものだ。

「よし、いっちょやるか！」

もう一度、家族の平穏な日々を取り戻すために。

俺は絶対に、母さんに勝利してみせる……！

三杯目✦『妹よ、兄のことはいい。お前だけでも生き延びろ』

世界最高峰の料理の腕前を持つ母さんを、どのように倒すか。

俺が考え出した秘策は、異世界ポータルの効力を最大限に引き出すことであった。

「ポータル、俺に能力をくれ」

調理開始前、俺がポータルに呼びかけると周囲の時間がピタリと制止する。

その中で、俺がポータルに求めたのは……以下の能力だ。

「食材鑑定スキル、食材強化スキル、調理技能スキル……これくらいで十分か」

ポータルによって能力が俺に発現するのと同時に、止まっていた時間が動き出す。

それと同時に、俺の脳内には洪水のように調理の知識と技術が流れ込んできた。

「……よし、完璧《かんぺき》だ」

続いて俺は、山積みにされている食材に目を向ける。

パッと見はどれも新鮮で美味しそうに見えるが、俺が得た食材鑑定スキルを使えば……真に選ぶべき食材が見えるのだ。

「これと、これと……こっちもいい感じだな」

まさに、食材が料理人を呼んでいるような状態。

しかもこれで終わりではなく、さらに食材強化のスキルを発動させることも忘れない。

「もっと美味しくなれ……！」

俺のスキルを受けた食材たちは、まるで生きているかのように瑞々《みずみず》しく躍動し……キラキラと光沢を放ち始める。

「いい感じだ。後はコイツらを……！」

最後に調理技能スキルを発動。調理場に用意されていた包丁をクルルッと高速回転させてから、俺は食材たちを一気に捌《さば》いていく。

流石《さすが》はスキル。自分で何か考えるまでもなく、勝手に体が動き……食材たちを最適な形にカットしてくれるようだ。

「まぁ、すごい。来人《らいと》ったら、まるで一流のシェフみたいね」

向かい側の調理台で調理をしている母さんが、俺の方を見て驚いた声を上げる。

あっちも食材のカットに入っているようだが、その進捗《しんちょく》は俺には遠く及んでいない。

「でも、包丁を回したら危ないからやめなさいね？」

「……ごめん、ちょっと調子に乗ってたよ」

しかし母さんは慌てる様子もなく、俺に注意する余裕まで見せていた。

「さーて、私も負けていられないわねー！」

トントントン。見慣れた手際で、調理を再開する母さん。

以前はその姿を遥《はる》か高みに感じたものだが……今は違う。

調理技能スキルを手にした俺にとって、母さんはそれほどの脅威に感じない。

「(当然だ。俺のこのチート能力には、家族への想いが込められているんだからな)」

そう、これこそがまさしく……俺の秘策。

異世界ポータルで手に入れるチート能力の出力は、使用者の想いの強さが反映される。

つまり、俺が母さんに勝ちたいと……母さんを連れ戻したいと願う想いの強さが、調理技能スキルの出力を決めるということだ。

「(悪いな、母さん。こんなやり方は卑怯《ひきょう》かもしれないけど……それでも、俺は勝つ！)」

元の世界で母さんを超えることは、何十年修業しても無理かもしれない。

だけど、今この勝負だけは……なんとしても勝たせてもらう！

「うおおおおおおおっ！」

もはや目にも止まらぬ速さで、俺は調理を進めていく。

難しいことは何も考えない。メニューだって、特に決めちゃいない。

母さんを超える、究極にして至高の料理を作りたい。

ただ、その思いのままに……スキルに体を委ねるだけだ。

「お兄ちゃん……頑張れ」

審査員席では、華恋《かれん》が両手を握りしめ……祈るようにこちらを見つめている。

任せろ、妹よ。兄ちゃんが全部、解決してやるからな。

「ホォォォォッ！　ホワタァッ！　アタタタタタタタタッ！　アタァーッ！」

見たこともない異世界の食材も、調味料も、感覚で使いこなしていく。

いいや、それだけじゃない。食材を煮込む時間を短縮するために、時空を操る魔法さえもポータルから入手して使用する。

とにかくやれることをありったけ詰め込み、美味しい料理を作り上げるんだ。

「……お前はもう、仕上がっている」

そして遂に、俺の料理が完成の時を迎える。

「これこそまさしく、母さんを超える料理だ！」

完成した料理を盛り付け終えたところで、俺はその料理をじっくりと見る。

そこにあるのは、デミグラスソースたっぷりの煮込みハンバーグ。

なんという美味しそうな見た目だ。それに匂いも抜群に食欲を誘ってくるぞ。

「どれ、味見を……」

試食用の小皿に取り分けていたハンバーグを、相棒である先割れスプーンで掬《すく》う。

何度かふぅーふぅーと息を吹きかけ、少し冷ましてからそれを口に中へ運ぶ。

「～～～～～っ!!」

瞬間、ガツンッと殴られたような衝撃が脳内を駆け巡る。

噛《か》んだ瞬間に口内に弾ける肉汁と旨味の暴力。さらに、甘く奥深い風味のデミグラスソースと柔《やわ》らかな食感のハンバーグが複雑に絡み合い、最高のハーモニーを奏でている。

美味い、美味すぎる！　これほど美味いと感じた料理は、母さんの作ったカレー以来だ！

「ふへっ、ふへへへへっ……！」

あまりの美味さに笑みを漏らしつつ、俺は五人分のハンバーグを審査員席へと運ぶ。

「へい、お待ちどう！　コイツがおいらの自信作でぇいっ！」

俺の中に眠る、いなせな江戸っ子が顔を出してしまうほどに、勝利を確信させる絶品。

それは目の前に置かれただけで効果絶大だったようで、華恋《かれん》は勿論《もちろん》……バブバブ四天王たちも自分の前に置かれた煮込みハンバーグを目にして、生唾《なまつば》を飲み込んでいた。

「お、美味しそう……！　これ、本当にお兄ちゃんが作ったの……？」

「当たり前だろ。正真正銘、俺の力で作った料理だ」

審査員席の端に置かれた無垢《むく》なる赤子に向かって、そう宣言する。

当然、無垢なる赤子は何も反応せずにスヤスヤモードのままだ。

「いけませんね、これは……！　僕のデータを遥《はる》かに超えていまちゅ……」

「オデ、ハヤグ……クイタイ、バブ」

「みなさん、待ちましょう。もうすぐ、ママの方も完成するみたいですし」

ソワソワとフォークとナイフを手にする仲間を制して、ベイビさんが母さんの方を見る。

つられて俺も母さんの方を見ると、彼の言うように母さんは最後の盛り付けに入っていた。

「んっしょっと。やっぱり三つ葉は欠かせないわよねぇ」

なんだ、あれ？

丼のような形の食器を使っているようだけど……ここからじゃよく見えないな。

「あっ、来人《らいと》はもう完成していたのね。待ってて、今すぐ持っていくから！」

俺たちの視線に気付いた母さんは、丼たちをお盆に載せて……こちらへ駆け寄ってきた。

そうして近付いてきたところで、俺は改めて母さんの作った料理を目にする。

「……え？　親子丼？」

丼の中にあったのは、ホカホカと湯気を立てる親子丼。

卵とじの中に鶏肉、玉ねぎ、かまぼこが入っており……さらにその上に三つ葉がちょんっとのっかっているアレである。

「うふふっ、美味しそうでしょう？　今回は結構、自信作なのよ！」

ニコニコと楽しそうに笑顔を振りまく母さん。

その一方で、俺は心の中で邪悪な笑みを浮かべ……歓喜の声を上げていた。

「（勝った……！　いや、まだ笑うな、しかし……！）」

母さんの作る親子丼はたしかに美味しいし、俺も大好きな一品である。

だが、とてもじゃないが俺の作った煮込みハンバーグの上を行くとは思えない。

この勝負、確実に俺が貰《もら》った……！

「ママの親子丼……」

「華恋《かれん》ちゃんの分は薄口で作っておいたわ。こっちの方が好きだもんね」

「うん、でも……アタシは……」

無駄だ、母さん。何をしようとも、華恋は親子丼よりもハンバーグの方が好きだ。

特に甘めのデミグラスソースに目がないんだよ。

「では、料理が冷めないうちに実食するバブ！」

「ええ、そうですね。まずは、先に完成したライトさんの方から」

華恋を含めた審査員たちはそれぞれカトラリーを手に取り、俺自慢の煮込みハンバーグの実食を開始する。

肉厚のハンバーグを一口大に切り分け、デミグラスソースをふんだんに絡めて……それを口の中へと運んでいく。

「んふぁっ!?　んくぅ〜〜〜〜〜〜〜っ!?」

最初に声を上げたのは、一番端っこの席に座っている華恋。

よほど美味かったのだろう。口元を両手で覆いながら体を左右に揺らし、地面に届いていない足を椅子の上でジタバタと動かしていた。

加えて、バブバブ四天王たちも同様に俺の料理に衝撃を受けたようで……

「こ、これは……！　なんという奥深さだ！」

「馬鹿な！　こんなにも美味なハンバーグは、僕のデータにはないぞっ！」

「コデ、スゴク、ウマイ。モット、クイタイ……ウマウマ」

「噛《か》めば噛むほど濃厚な肉汁が溢《あふ》れ出して、繊細でコクのあるデミグラスソースと調和していくのを感じます……いやはや、これは本当に美味しいです」

あんなにバブバブ、でちゅでちゅ言っていたバブバブ団がすっかり正気に戻って食レポをするほどに……俺の作り出した煮込みハンバーグは完璧《かんぺき》な仕上がりとなっていたようだ。

「付け合わせのサラダもご一緒にどうぞ」

厳選した生野菜に、特製ドレッシングをかけたサラダもまた最高の一品だ。ハンバーグの強い肉汁で油っぽくなった口の中を、サッパリとリフレッシュしてくれるだろう。

「おいひぃっ……」

野菜嫌いの華恋が、もしゃもしゃとサラダを頬《ほお》張っている辺り……サラダの完成度もピカイチなのは言うまでもない。

さらに無垢《むく》なる赤子がまるで反応していないところを見ると、バブバブ団が俺の料理を褒める言葉にも嘘《うそ》偽りがないことが確定する。

「クックックッ、どうだ母さん？」

「えー？　とっても美味しそうねぇ。華恋ちゃん、私にも一口だけちょーだい♡」

「うぇー？　しょうがないなぁ」

華恋《かれん》は自分の分が減ることに抵抗を見せたが、最終的には母さんの口にフォークを運ぶ。

「あーむっ……♡　んん〜〜！　昔、パパに連れていってもらった三つ星レストランの料理よりも美味しいわぁ♡」

「そうだろう？　母さんには悪いが、ただの親子丼じゃ勝ち目はないぜ？」

「あら？　勝負は最後まで分からないわよ？　私の料理だって、自信作なんだから」

俺の料理を実際に食べてもなお、戦意喪失しないとは……

主婦のプライドか、それとも母親としての意地か。

いずれにせよ、もはや勝負はすでに決まっているようなものだ。

「さぁさぁ、みんな♡　私の親子丼も召し上がれ♡」

この世界では箸《はし》という概念がないためか、スプーンと一緒に丼を差し出す母さん。

それを華恋とバブバブ四天王たちは受け取り、実食を開始する。

「「「「……」」」」

白身が残る卵とじと、鶏肉、玉ねぎ、白米を同時にスプーンで掬《すく》い取り、パクッと食べる五人の審査員たち。

料理漫画やアニメだと、後攻の料理の方が勝利することが多い。

だが、そんなことは現実には起こりえない。

少しでも空腹時に食べた方が美味しく感じるものだし、煮込みハンバーグのインパクトの後に、出汁をベースにした味付けの親子丼は弱すぎる。

順番が逆ならば、まだ勝機はあったかもしれないけどな。

「「「「…………」」」」

スプーンを口に含んだまま、無言で硬直し続ける五人。

じっくり考え込んでいるのだろうが、結果はどう足掻《あが》いても変わらないんだ。

早く俺の勝利を宣告してほしいものだが……

「バブ……おぎゃあ」

「え？」

その時、不思議なことが起こった。

親子丼を口にしているバブバブ四天王たちの瞳から、ボロボロと涙がこぼれ始めたのだ。

いや、バブバブ四天王だけじゃない。あの華恋の目からも、一雫の涙が……

「なんちゅう、なんちゅうものを食べさせてくれたんでちゅか……バブ」

「なん、だと……？」

最初に口火を切ったのは、さっきまでカタコトで話していたパワーグだった。

何故か口調は流暢《りゅうちょう》になっており、震《ふる》える声には……俺のハンバーグを実食した時にはない感動が含まれているようだった。

「出汁の効いたふわふわの卵、ジューシーな肉の食感、とろとろの玉ねぎの風味。どれを取っても、すっごくおいちぃ確率……無限パーセントでちゅ〜〜〜〜っ！」

「ママ！　おかわりバブ！　もっともっといっぱい食べたいバブ！」

さっき正気に戻っていたはずの四天王二人は、すっかり元通りの赤ちゃん状態に。

どういうことだ……？　これじゃあまるで、俺の料理より母さんの料理の方が……

「うん、やっぱりママの料理は最高ですね。これはもう、完全にこちらが上です」

「ママの勝利は確実のようでちゅね」

「嘘《うそ》だっ!?　そんなはずはないっ！」

俺の作った煮込みハンバーグは、まさに芸術的な完成度を誇っていたんだぞ？

それが、親子丼に負けるわけがない！

「来人《らいと》、この子たちは嘘なんて言わないわ。それにもし嘘なら、無垢《むく》なる赤子が反応しているはずじゃない」

「うっ……!?」

たしかに母さんの言うように、無垢なる赤子は四天王たちの言葉に何も反応しない。

つまり彼らは本気で、俺の料理よりも母さんの料理の方が上だと感じていることになる。

「か、華恋《かれん》？　お前は……？」

未だに現実を受け入れられないまま、俺は縋《すが》るように華恋を見る。

せめて、華恋だけでも俺に票を入れてくれたら……

「お兄ちゃん……」

チラリと俺の方を横目に見て、華恋は気まずそうに視線を下に向ける。

その反応だけで、答えは決まったようなものだった。

「俺が、負けた……？　俺の想いが、母さんには通じなかった……？」

失意のまま、俺はその場に膝から崩れ落ちてしまう。

絶対に勝てるものだと思っていた。

油断も慢心もなく、全身全霊《ぜんしんぜんれい》……全ての力を出し切り、作り上げた料理だったのに。

「……残念だったわね、来人。とても惜しかったけど、私の勝ちよ」

「ああ、そうみたいだ……」

もはや今の俺には、何も言い返す気力さえなかった。

これが敗北の味か……想像していたよりも胸が苦しくなるもんだな。

「でも、落ち込む必要はないわ。貴方《あなた》たちにはやっぱり、ママが必要ってことよ♡　だからこれからはこの世界で、ママとずぅっと一緒に暮らしましょ♡」

重ねた両手を頬《ほお》に添えて、うっとりと嬉しそうに話す母さん。

俺に勝利したことで、自分の理想が叶《かな》ったと思い込んでいるようだが……

「いいや、母さん。たしかに俺は負けたけど……まだ終わりじゃないさ」

「え？　どういうこと？」

「こういうことさ……！　ポータル！　帰還用のポータルを出してくれ！」

俺が叫んだ瞬間、元の世界へ帰還するための転移ポータルが出現する。

それを目にした瞬間、今まで穏やかだった母さんの顔が豹変《ひょうへん》した。

「来人《らいと》、私との約束を破るつもりなの？」

再び、とんでもない怒気を放ちながらバキボキと拳を鳴らす母さん。

正直言って、その姿にはチビりそうになるが……俺はそれでも止まらない。

「時空魔法！　アクセル・クロック・アップ！」

さっきの料理対決中、時短のために習得していた時空魔法を発動。

ゆっくりと流れる時間の中、俺は審査員席に座る華恋《かれん》の元へと駆け寄る。

「華恋！　手を……！」

「そうはさせないわよ」

華恋の手を掴《つか》んだ瞬間。

何かが砕け散る音が鳴り響き、目の前に母さんが飛び込んでくる。

「マジか……!?」

方法は分からないが、時空魔法で加速している俺よりも素早く動いている母さん。

その力強い手は華恋を抱き寄せる俺の首根っこを掴んできた。

「悲しいわ、来人。貴方《あなた》がお母さんを騙《だま》そうとするなんて」

「ぐうっ……！　嘘《うそ》なんかじゃ、ないさ……！　俺は最初から、逃げるつもりなんてない！」

母さんに引き倒されそうになる中、俺は掴んでいた華恋を思いっきりぶん投げる。

「時空魔法、解除！」

時空魔法が解除された瞬間、スローモーションのようになっていた世界が元に戻る。

「ふぇっ!?　うにゃあああああああっ！」

俺に放り投げられた華恋は、空中で奇声を上げながら綺麗《きれい》な放物線を描いていく。

アイツからすれば、気がつけばいきなり猛スピードで飛んでいる状態となっているわけで。

そりゃあ驚きもするよな。

「華恋！　ノーカレー・ノーライフだ！　そこに母さんを倒す鍵がある！」

飛んでいく華恋の後ろ姿に、俺は最後のメッセージを叫ぶ。

「えっ？　おにいっ……」

振り返ろうとする華恋だったが、それよりも先に体が帰還用ポータルの中へと飛び込んでいってしまう。

我ながらナイスコントロール。これで華恋だけは無事に逃がすことができたな。

「……来人、やってくれたわね」

俺を地面に倒し、その上に跨《また》がりながらマウントポジションを取っている母さん。

絶世の美女に馬乗りにされるというのは俺の理想のシチュであるが、それが激怒している実の母親となると……ちょっと複雑な心境になるな。

「そう怒らないでくれよ、母さん。さっきも言ったけど、俺は約束を破ってないさ」

「なんですって？」

「敗者は勝者に従うのみ。母さんと一緒に、この世界で暮らすことを受け入れる……それが、母さんが勝った時の条件だっただろ？」

「……そういうことね。華恋《かれん》ちゃんはまだ負けていない、そう言いたいんでしょう？」

まさにその通り。

これが一応、俺が負けた時のために……保険として用意していた逃げ道だ。

「俺は母さんと生活することを受け入れる。でも、華恋は自由だ」

「酷いことをするのね。華恋ちゃんだけ除《の》け者にするなんて」

「いいや、俺は華恋を信じている。アイツならきっと、母さんを倒して……俺を救い出してくれるってな」

「ふふっ、華恋ちゃんが？　来人《らいと》でも私には勝てなかったのに？」

クスクスと笑いながら、母さんはおかしそうに俺の顔を見下ろす。

そして、そのまま俺の胸に手を当てると……妖艶《ようえん》な表情で呟《つぶや》く。

「いいわ、華恋ちゃんが私に挑みに来るのなら……その時は返り討ちにずるだけよ」

「あんまり華恋を甘く見ない方がいいぜ、母さん」

「ご忠告ありがとう。でも来人、貴方《あなた》の方こそ私を甘く見ていない？」

「うぐぁっ……！」

人差し指でグリグリと、俺の左胸を押し込むように突いてくる母さん。

「母親をコケにするような真似をして、本当に悪い子になったのね。大丈夫、これからちゃーんと……ママなしじゃ生きていけないように『教育』してあげるから」

妖しく笑う母さんの背後に、ザッと顔を覗《のぞ》かせるのは……バブバブ四天王。

彼らの手に握られているのは、おしゃぶり、哺乳瓶《ほにゅうびん》、ガラガラ、オムツ……

「や、やめっ……」

「あら、敗者は勝者に従うんでしょう？　さぁ来人、いい子になりましょうね〜♡」

「うわあああああああああああああっ！」

「ぬぎぬぎしましょうね〜♡　ほ〜ら、恥ずかしくないわよ〜♡」

「ひゃああああああああああああああっ！」

ああ、頼む華恋……

俺が俺のままでいられる間に、どうか……どうか助けに来てくれ。

兄はお前のことを、信じているぞ……！

□

「うぶゅっ!?」

わけも分からないまま、空を飛んで、帰還用ポータルの中に放り投げられた。

その結果、アタシは勢いよくポータルから飛び出して、埃《ほこり》っぽい物置部屋の床に顔面から着地することになってしまう。

「きゅぅ〜〜〜〜〜っ！」

痛さのあまり、その場で顔を押さえてもがく。

「あの馬鹿お兄ちゃん……！　後で絶対に、百万倍にしてやり返してやるからね！」

ようやく痛みが引いてきたところで、アタシは立ち上がる。

後ろには赤い光を放つポータルが、今もグルグルと渦巻いているけど……

「ふん、だっさぁ。あれだけ格好つけて、ママに負けちゃうなんてさ」

どうやらお兄ちゃんは自分の敗北を受け入れて、アタシだけ逃がしてくれたみたい。

言われてみれば、お兄ちゃんとママの交わした約束にアタシは含まれていなかったっけ。

「……でも、アタシだけ逃がしてどうするわけ？」

ママはなんか、ものすごく強そうな雰囲気だったし……チート能力も使いこなしていた。

実力行使が無理なら、お兄ちゃんみたいに他の方法で倒すしかない。

だけど、アタシがママに勝っている部分なんて……

「んんんんっ」

いくら考えても、何も思いつかない。

さすがにお肌のハリなら勝てるかな……?

いや、もしもその勝負で負けたらアタシは二度と立ち直れない気がする。

「はぁ……どうしよ」

いい考えを閃《ひらめ》くこともなく、アタシはとりあえず自分の部屋に戻ることにした。

ベッドの上にダイブして、置いてあったゲベゲベ(クマのぬいぐるみ)を抱きしめる。

「ねぇ、ゲベゲベ。アタシ、どうすればいいと思う?」

問いかけてみるも、当然のように返事はない。

ご主人様が困っているっていうのに、役立たずなクマめ。

「今頃、お兄ちゃんとママはどうしてるのかな?」

ゲベゲベを胸に抱きながら、お兄ちゃんたちのことを考える。

どうにかお兄ちゃんがママを説得して、連れ帰ってくれれば何もかもが解決するのに。

そうしたら、今にも物置から音がして……お兄ちゃんがママと一緒に「ただいま」って帰ってきてくれるはず。

「……そうだといいな」

なんだか、あっちの世界で色々あって……頭が疲れちゃった。

ちょっとだけ、お休みしよう。

目を覚ましたら、お兄ちゃんたちが戻ってきていることを期待して……

「すぅ、すぅ……」

気がつけば、アタシはゲベゲベを抱きしめたまま眠ってしまっていた。

それからどれくらいの時間が経ったのか。

ベッドの上でモゾモゾと体を動かしながら、アタシはパチリと目を覚ます。

「ふわぁ……んぅ」

外の日差しで明るかったはずの部屋は、今や薄暗くなっていた。

アタシは眠たい目を擦《こす》りながら、まずは部屋の電気を点ける。

「……まぶっ」

ボサボサの寝癖を直しながら、部屋の扉を開く。

廊下に出ると、自動点灯でライトが点く。

これがないと、アタシは夜におトイレに行くこともできないんだよね。

「お兄ちゃん？　ママー？」

半ばぼんやりとした頭のまま、アタシはのしのしと一階に下りる。

だけど一階も電気は点いていなくて、真っ暗のまま。

階段を下りたところで、また自動点灯のライトが点くけど……人の気配はない。

「あっ、そっか……お兄ちゃんも、ママもいないんだった」

そこでようやく、アタシは今までのことを思い出す。

ママが異世界に家出したことも、お兄ちゃんがママに負けて捕まっちゃったことも。

「喉かわいた……」

とりあえずアタシは寝起きでカラカラの喉を潤すために、冷蔵庫に向かう。

こういう時はキンキンに冷えた炭酸飲料が一番効くんだよね。

「ごくっ、ごくっ……ぷはぁっ」

口の中を駆け巡るシュワシュワとした炭酸。

スカッとするこの喉越しが、本当に堪《たま》らない。

「ふふん。いつもは飲み過ぎると怒られるけど、今日はママがいないもんね」

アタシは一・五リットルのペットボトルをラッパ飲みしながら、リビングのソファに座る。

そしてテレビのリモコンを取って、電源を入れた。

「……ニュースばっかり」

適当にザッピングしてみるけど、面白そうな番組は何もやってない。

教育番組が忍者をモチーフにしたアニメをやってたけど、アタシはもうとっくにそれを卒業しているもんね。

「さぁて、これからどうしよっかなー」

テレビを消し、炭酸のペットボトルをテーブルに置いてから、アタシは考える。

ママもお兄ちゃんもいないこの状態は、自由に過ごせる環境のようにも思える。

でも、いつか食料は尽きるし……そもそもアタシはそんなにお金を持っていないし、お金の引き出し方も分からないわけで。

パパも連絡が取れるか分からない以上、頼ることもできそうにない。

「何これ、詰みゲーじゃん」

どう考えても、アタシが生き残る道は一つしかない。

今すぐ異世界に行って、ママの軍門に降《くだ》るのだ。

そうすれば、きっといつものようにママが優しくアタシの世話を焼いてくれるはず。

「……というか、最初からそれしかなくない？」

それによくよく考えれば、異世界での生活は悪いことばかりじゃないかも。

あっちの世界ではチート能力も使い放題だし、富、名声、力。

この世の全てが向こうでは簡単に手に入る。

何のしがらみも制限もなく、自由に生きることができるわけで。

「お兄ちゃんとも、ずっと一緒にいられる……」

こっちの世界で生活していたら、いつか必ず訪れる別れ。

兄と妹は、いつか別々の人生を過ごす必要がある。

そんなクソ喰《く》らえな法律も、異世界ならどうとでもなるんだよね。

「あははは、そうじゃん。何を悩む必要があったんだろ」

こっちの世界にこだわる必要なんて、どこにもなかった。

そのことに気づいたアタシは、いよいよ覚悟を決める。

「さっさとあっちの世界に戻らなきゃ！」

椅子を降りて、二階の物置部屋に向かおうとした……その時だった。

「うっ」

ぐぅー、きゅるるる。静かな部屋に鳴り響くお腹《なか》の音。

ずっと寝ていただけでも、お腹は空くんだよね。

「……んー、ちょっと腹ごしらえしてからでも遅くないよね」

方向転換。アタシは再び、冷蔵庫の方へと向かう。

すぐに食べられそうなものはないかと、ガサゴソ冷蔵庫を漁《あさ》って……それを見つける。

「あっ、これ……」

冷凍食品に頼ろうとしたアタシが見つけたのは、冷凍されていたカレー。

昨日の夜と、今朝にも食べた……ママ特製のシーフードカレーだ。

「……まぁ、これでいいかな」

悔しいけど、ママのカレーは三食ぶっ続けで食べても飽きない美味しさだ。

あっちの世界じゃ、カレーそのものがあるのかも怪しいし……最後に食べ納めしておくのも悪くないかもしれない。

そう思ったアタシは冷凍されていたカレーとご飯を取り出して、それぞれに電子レンジを使って温めることにした。

「よいしょっと」

電子レンジがブーンって動いている間に、深皿とスプーンを用意する。

アタシとお兄ちゃん専用のカレー皿は、朝ご飯に使ってから流し台に放置してあるから、ママの分のお皿を借りることにした。

「あちっ、あちちちちっ！」

温まった冷凍ご飯のラップを剥《は》がすのに苦戦しつつも、なんとか深皿にご飯を盛り付ける。

その後、タッパに入っていたカレーも同じように温めて……ご飯の上にかけていく。

「……ふぅっ、結構いい感じじゃん」

お兄ちゃんやママの見よう見真似だけど、なかなかに上手くできたと思う。

意外とアタシには、料理の才能があるのかも？

「それじゃあ、いっただきまーす！」

リビングにカレーを運んで、食事を始める。

まずはピカピカのスプーンを使って、カレールウとご飯を半分ずつくらい掬《すく》う。

「あーむっ！　んん～～～っ！」

ああ、やっぱりこの味が一番だ。

今日、お兄ちゃんの作った煮込みハンバーグとママの親子丼を食べたけど……このカレーには遠く及ばない。

「いつもの牛肉もいいけど、エビとイカの入ったシーフードも大好き♡」

そういえば、カレーのメイン具材って色んなものがあるよね。

牛、豚、鶏のお肉もだけど、ほうれん草とかのグリーンカレーとか、今回みたいな海鮮系のシーフードカレーも。

たしか姫妃《ひめき》ちゃんの家は、ちくわを入れるって言ってたよね。

「姫妃ちゃん……」

頭に浮かんだのは、今やアタシの一番のお友達になったクラスメイトの姿。

なんだか最近、妙にお兄ちゃんのことばっかり聞いてきて……たまに鬱陶《うっとう》しいと感じることもあるけど、いつもアタシと話してくれるお友達。

「あっちの世界に行ったら、姫妃ちゃんとも……滅多に会えなくなるのかな」

ママはたまにこっちの世界に戻ってくればいいって言ってたけど。

時間の流れが違うあっちの世界と、こっちの世界での二重生活は大変だと思う。

となれば、もう学校に通うことはないんだろうなぁ。

「……いやいや、別にいいでしょ。あんな学校なんて」

クラスの男子の大半はガキで馬鹿で、うざったるいし。

女子だって、たまにアタシの悪口を言っている子もいる。

新しい担任の先生も、まだそんなに仲良くなれていないし……

「こっちの世界に、未練なんてないもん」

でも、本当にそうなのかな？

姫妃ちゃんたちと、会えなくなっても寂しくないの？

たまにしか帰ってこなくて、顔もおぼろげだけど……パパとも会えなくなるかもしれない。

そういえば今度、お兄ちゃんと水族館デートをするって約束もしていたよね。

「……」

スプーンを握る手が震《ふる》える。

昔のアタシなら、こんな風に迷うこともなく……異世界への移住を決意したと思う。

だけど、今のアタシは……

「ううぅっ、ひぐっ、ぐぅっ、ずびぃっ……うえぇえええええっ！」

ポロポロとあふれ出た涙が、カレーの中に落ちていく。

「やだよぉっ……！　やだやだやだぁぁぁぁっ！」

止めたくても、止まらない。

涙だけじゃない。胸の奥から、悲しい気持ちがどんどんあふれてくるのが止められない。

「だって、だってぇ……！」

理由なんか分からない。

一度はアタシを裏切った友達や、アタシをいじめていたクラスメイト。

ほとんど会わないパパや、お兄ちゃんとの約束……そのどれも、異世界で好き勝手に暮らせるメリットに比べれば、まるで価値がないものだ。

それなのに、そんな無価値なモノを……失いたくないと感じる。

「うぇぇぇぇぇぇぇぇんっ！」

アタシが学校に通うようになって、嬉しそうに笑ってくれたお兄ちゃん。

優しく頭を撫《な》でてくれて、何度も褒めてくれたお兄ちゃん。

あの笑顔を、お兄ちゃんが認めてくれたアタシを……捨てたくない。

「ひっく、ひっく……うううううっ！」

もう、頭の中はグチャグチャで何も考えられなかった。

だから、アタシはただ本能の赴くままに……カレーを食べる。

「はぐっ、もぐっ、もぐもぐっ……！」

一心不乱に、ママの美味しいカレーで空腹を満たす。

すると、なんでだろう。
お腹《なか》が満たされる度に、アタシの中に不思議な力が湧いてくる。
「はぁっ、はぁっ、はぁっ！」
弱気になって、折れそうになっていた心が……奮い立つ。
ママに勝てないから、軍門に降《くだ》る？
こっちの世界での生活を捨てて、向こうで暮らす？
何を馬鹿なことを言っていたんだろう、アタシは！
「違うっ！　アタシの本当の願いは、そんなんじゃない！」
アタシが求めるのは、今まで通りの幸福な生活。
家にはお兄ちゃんとママがいて、いつもアタシを甘やかしてくれる。
学校では姫妃《ひめき》ちゃんと遊んで、家に帰ったら異世界で好きに遊ぶ。
夕飯前にお兄ちゃんが迎えに来て、色々とバトって……最終的には家に戻る。
それで最後はママの美味しいご飯を、お兄ちゃんとママと食べるの。
「……いつか、そんな日々が終わることは分かってるもん」
でも、その後にどうするかは……その時に決めればいい。
お兄ちゃんが家を出ると言い出したら、対策を考えればいい。
今はただ、アタシにとって最高の幸福なこの日々を……取り戻したい。

「ママ、アタシはね……ワガママで生意気なんだよ？　何もかも全部、アタシの思い通りにならなきゃ嫌なの」

だから、ママの言いなりにはならない。

ママに勝って、ママを倒して、ママを連れ戻して……アタシの幸せを守る。

「ふふっ、ママ……昨日のカレーを残していったのは失敗だったね」

おかげで、こんなにやる気が出てきちゃった。

変態、ダサダサ、ドーテー、カレーフェチお兄ちゃんの言葉を借りるなら……

「やっぱりカレー、カレーは全てを解決するんだよね！」

待っていて、お兄ちゃん。

必ずアタシが、お兄ちゃんを助け出してあげる。

そうしたら、ずっとずぅぅぅっと、永遠に！

お兄ちゃんはアタシの下僕として、一緒に過ごすことが決定だかんね！

サラダ①✦『雫ママ三十八歳、衝撃！ 異世界デビュー！』

大陸において唯一無二、最低最悪と評されるギルドがあった。

その名は『紅蓮《ぐれん》の孤狼《ころう》』といい、構成するギルドメンバーの全員が男性だという。

所属するための条件はたった一つ。

ギルド内は実力主義の弱肉強食であると受け入れること。

そうした厳しいルールの元に集ったためか、どのメンバーもアウトローな荒くれ者ばかり。

同じギルドに所属する者同士でも、仲間意識など皆無。

手柄の奪い合い、報酬の横取り、裏切り、蹴落《けお》とし……なんでもアリの無法地帯だ。

他のギルドに所属する同業者たちや、世間の人々からも忌み嫌われる紅蓮の孤狼。

そんな場所に、珍しい来訪者が訪れたのは……今から数日前だった。

「あのー？　すみませーん？」

木製の扉を開きながら、間延びした可愛《かわい》らしい声を上げる一人の美女。

縦編みセーター、ジーンズ、エプロンといった、この世界ではほとんど見ない服装をした彼女は、そのままギルドの中へと足を踏み入れていく。

「ああ？　なんだぁ、テメェ……？」

ギルド内に併設された酒場で飲んだくれていたギルドメンバーたち。

彼らは酒で赤らんだ顔のまま、一斉に来訪者へと目を向ける。

髪をシニヨン結びにした女性は、外見からして二十代前半といったところ。

顔立ちは紛れもない美女であり、さらにそのスタイルは抜群。

特に、少し歩く度に揺れるベリアルメロンのような爆乳に……ギルドメンバーたちは下卑た笑みを浮かべ、なかには口笛を吹き鳴らす者までいる。

「おやおや、これはまた可憐《かれん》な花が迷い込んだものですね」

バーカウンターでグラスを傾けていた眼鏡のモヒカン男性。

紅蓮の孤狼の大幹部にして、三凶と呼ばれるうちの一人……ブレインが呟《つぶや》く。

「これこれはようこそ、お嬢さん。我らがギルドに何かご用ですか？」

立ち上がったブレインは、慇懃《いんぎん》無礼《ぶれい》な態度で女性に頭を下げる。

ギルド内でも一、二を争う穏健派の彼が最初に声をかけたことは美女にとって幸運だった。

もしもそうでなければ、美女の肢体を前に我を失ったギルドメンバーたちが彼女に襲いかかっていただろう。

「あらまぁ、お嬢さんだなんて嬉しいわ。うふふふっ、私の名前は雫《しずく》といいます」

ブレインの丁寧な挨拶《あいさつ》に気をよくしたように、笑顔をこぼす雫。

紅蓮の孤狼のメンバーたちは彼女の笑顔の眩《まぶ》しさに見惚《みと》れ、胸を高鳴らせるが……すぐに我に返って、首をブンブンと左右に振っていた。

「この街に来たばかりなんですけれど、手持ちのお金がなくて。当面の生活費を稼ぐために、お仕事を探しているんです」

「仕事だぁ？　へへへっ、おめぇのその体なら……すぐにでも金持ちになれるぜ？」

ギルドメンバーの一人が、雫《しずく》の体を舐《な》め回すように見つめ……いやらしくニヤける。

しかし雫はまるで動じることもなく、淡々と言い返す。

「そういうお仕事があることは存じていますし、ご立派に働かれる人を差別するつもりもありません。ですが、私は愛する人にしか体を許さない主義なので……ごめんなさいね♡」

パチンとウィンク一つ。雫はいやらしい視線を向ける男に微笑《ほほえ》みかける。

「はぐぁっ⁉」

それを受けた男は椅子から転げ落ち、目をハートマークにしてビクビクと痙攣《けいれん》していた。

「それに、いくら体を売っても稼ぎには限界があるでしょう？　私、もうすぐこっちに来る子供たちのために……立派な家を買いたいと思っているんですよ」

「子供、たち……？　とてもそのようには見えないですね」

雫の言葉に思わず言葉を挟んだのは、ブレインと同じ三凶の一人であるベイビ。

彼もまた、このギルドでは珍しい穏健派の一人である。

「うふふっ、お世辞でも嬉しいです。もうすぐ二十歳になる息子と、十歳の娘がいまして」

「「「「はっ？　二十歳の、息子……？」」」」

普段から不仲な紅蓮《ぐれん》の孤狼《ころう》メンバーたちが、声を揃《そろ》えて首を傾《かし》げる。

はたから見れば、さぞかし息の合ったギルドに見えることだろう。

「街の人に、家を買えるくらいの額《がく》を手っ取り早く稼げるお仕事を聞いたんです。そうしたら冒険者が一番だって教えてくれたので、近くにあったここにやってきたんですよ」

混乱するギルドメンバーたちをスルーして、事情を話す雫。

するとここでようやく、このギルドを治めるギルドマスターが姿を現した。

「へぇ、なるほどな。そいつはとんだ不幸だったな、女」

その男の声がギルド内に響いた瞬間、周囲にピリピリとした緊張が走る。

紅蓮の孤狼の創設者にして、数多《あまた》の荒くれ者たちをその腕っぷしで従える屈強な男。

その名もヴォルフ・フォビドゥン。

大陸では彼の名を聞いただけで泣き出す者がいるほど、恐れられている冒険者だ。

「俺たちのギルドが近かったばかりに、テメェは災難に遭うってわけだ」

ギルドの二階から階段を下りてきたヴォルフがそう告げた瞬間、雫の背後にあるギルドの出入り口に……巨大な影が割り込んできた。

「マスターノ、シジ……オマエ、モウニガサナイ」

雫が振り返るとそこには、緑色の肌をした大男……三凶のパワーグが立ち塞《ふさ》がっている。

「あら、こんにちは。とっても大きい方ね」

「グ、ガ……？　オマエ、ナニイッテル？　オデ、コワクナイノカ？」

自分の二倍のサイズはあるパワーグを前にしても、まるで臆《おく》することのない雫《しずく》。

むしろそれどころか、慈愛に満ちた瞳で彼を見上げているほどだ。

「怖い？　それは貴方《あなた》の方じゃないの？」

「ドウイウ、コトダ……？」

パワーグは雫が自分を恐れないことに困惑しながら、彼女に顔を近づけて質問する。

それを見たヴォルフは面倒くさそうに舌打ちし、怒鳴りつけた。

「チッ、パワーグ！　何をしていやがる！　さっさとその女を捕まえろ！　でないと、また痛めつけてやるぞ！」

「グゥッ……マスター、オデ、スマナイ……」

ヴォルフの怒声を受けたパワーグはビクンッと身を震《ふる》わせ、後ずさる。

そうした一連の流れを見て、雫は何か納得したように頷《うなず》いていた。

「ああ、そういうこと。あの人が貴方を脅しているのね。だから、そんなに怯《おび》えた悲しい目をしているんでしょう？」

「女ぁっ！　テメェもさっきから何をゴチャゴチャと……！」

「うるさいわね、少し黙っていてくれる？」

「ひっ⁉」

顔だけをヴォルフに向けて、鋭い瞳で睨《にら》みつける雫。

その眼光と威圧を受けたヴォルフは、小さな悲鳴を上げて腰を抜かしてしまっていた。

「ギルドマスターが、眼力だけで……？」

「馬鹿な！　ただの女に、これほどの芸当ができるなんて……僕のデータにはないぞっ！」

これまで絶対的な強者として君臨し、暴虐の限りを尽くしてきたギルドマスターが見せた醜態に、ザワザワと騒がしくなるギルド内。

しかし雫はそれを気にすることもなく、自分の前のパワーグの両頬《ほお》に手を添える。

「もう大丈夫よ。怖い人は私が怒っておいたからね」

「……オ、オデ……バケモノ、ナノニ……ナンデ？」

「うーん？　貴方がまるで、小さな赤ちゃんみたいに見えたからかしら」

だからつい、こうして守りたくなったの。

そう言葉を続けた雫は背伸びをして、屈んでいたパワーグの頭を撫《な》でる。

「アッ、アッ……マ、ママ……」

瞳を閉じ、頭を撫でられる心地よさに身を委ねたパワーグの口から漏れ出た一言。

ママという言葉は奇しくも、この場にいる者たち全員の心に突き刺さるものだった。

「すげぇ……あのバケモノが、心を開いてやがる……」

「いや、そんなことよりも……見ろよ、あの女の優しい顔」

「あんな母親がいてくれれば、俺はこんな風にはならなかったのかな」

「ずりぃよ、俺もママに甘えてぇよ……」

雫《しずく》に甘やかされるパワーグの姿を見たギルドメンバーたちは、一人、また一人と……彼女の前へと近付いていく。

進むごとに前のめりに頭が下がり、気がつけば二足歩行から四足歩行へ。

ただ、雫に頭を撫《な》でてもらいたいという一心で自ら頭を差し出したのか。

あるいは、雫から放たれるバブみの波動によって……赤ちゃん返りしたのか。

いずれにせよ、もはやこの場に……傍若無人《ぼうじゃくぶじん》な荒くれ者は存在しない。

「くっ……！　抗《あらが》えないっ！　僕も彼女の虜《とりこ》になる確率……ものすごくいっぱいでちゅ！」

「ああっ、なぜだろう。今すぐ服を全て脱いで、オムツだけの姿になりたいよ」

三凶のブレインとベイビも、やがて雫の母性の前に屈服する。

「お、俺だって……！　ママ、さっきはごめんなさいバブ！　許してほしいバブ！」

ギルドマスターだったヴォルフも、雫に甘やかしてもらうために……これまで積み上げてきた全てを放棄。プライドもなく、雫の前で赤ちゃんのように振る舞いはじめる。

「まぁまぁ、困ったわ。私、ここでお金の稼ぎ方を教えてもらいたかっただけなのに……」

数十人の屈強な男たちに囲まれ、ママと呼ばれる状態に陥った雫。

常人なら逃げ出すか、気が触れかねない状況ともいえるが……ここで動じないのが、雫を雫たらしめている所以《ゆえん》である。

「うーん、しょうがないわね。私の子供はあの子たちだけなんだけど、ほんの少しの間でいいなら……私が貴方《あなた》たちのママ代わりになってあげる♡」

「「「「バブゥウウウウウウウウウッ！」」」」

こうして、大陸最凶のギルドと名高い紅蓮《ぐれん》の孤狼《ころう》は終焉《しゅうえん》を迎えることとなった。

いや、終わりではない。

新たなるギルド……『バブバブ団』として生まれ変わったという方が正しいだろう。

彼らの存在目的、活動目標はただ一つ。

偉大なるママの母性を世界中に知らしめ、あらゆる人間を彼女の赤ちゃんに変えること。

全人類赤ちゃん化計画。

バブバブ、バブバブバブバブ。

バブバーブ、バーブブ。

バブバブバブバブバブバブ。

四杯目✦『妹よ、お前は一人で旅立てるのか？』

お兄ちゃんとママがいない家で、一晩を明かした翌朝。

チュンチュンと鳴く小鳥の声を聞きながら、アタシはお兄ちゃんのベッドで目覚める。

「んぅぅ……」

同じシャンプー、ボディソープを使っているはずなのに……アタシとはまるで違う匂いがするお兄ちゃんのベッド。

いつもはついつい「くっさぁ。もう加齢臭が漂い始めてるんじゃないのぉ？」と煽《あお》ってしまうんだけど……本当はこの匂いが大好き。

だからお兄ちゃんの匂いがたっぷり染み込んだ枕や、布団に包まれて眠った昨晩は……それはもう、最高にリラックスすることができた。

「……また今度、隠れて潜り込んじゃお」

すっかりクセになってしまった。

それもこれも、お兄ちゃんが帰ってこないのが悪いんだ。アタシは悪くないもん。

「って、ぼんやりしている場合じゃないんだった！」

ベッドから出たアタシは、寝る前にじっくりと考えついた作戦を振り返る。

アタシの目標は、ママに勝って……お兄ちゃんとママを連れ戻すこと。

だけど今のアタシじゃ、どう足掻《あが》いてもママに勝てるわけがない。

そこで考え出したのが、お兄ちゃんが最後に言い残した……「華恋《かれん》！　ノーカレー・ノーライフだ！　そこに母さんを倒す鍵がある！」という言葉。

「ノーカレー・ノーライフ……お兄ちゃんが前にバイトしていたお店」

お兄ちゃんが高校生から働いていたっていうバイト先。

少し前、アタシが家に引きこもっていた時期は一時的にお休みしていたみたい。

最近アタシが学校に通えるようになったから、またバイトを再開したいとか言ってた。

「そのお店に行けば、何か分かるってことだよね」

お店の場所は、お兄ちゃんの部屋に残されていたスマホを使って検索した。

ついでにお兄ちゃんの連絡先で、女の子の名前と思われる相手は全部消しておいた。

ちなみにスマホのパスワードはアタシの誕生日だった。

はぁ、きっも♡　どんだけアタシのこと大好きすぎるの？

マジでありえない。アタシもお兄ちゃんのこと大好きだよ♡

「……って、浮かれてる場合じゃないんだった」

ペチペチと頰《ほお》を叩《たた》いてから、アタシはお兄ちゃんの部屋のタンスを物色。

そしていつものように、お兄ちゃんお気に入りの『カレー名言Tシャツ』を取り出す。

「んーっと、今日はどれにしよっかなー?」

迷った末に、アタシは一枚のTシャツを選び……それに着替える。

今回の名言はズバリ『カレーは全てを解決する』だ。

ママのカレーで勇気を貰《もら》った今のアタシには、まさにピッタリだと思う。

「……えへへへっ、これもお兄ちゃんの匂いがする」

だからアタシはこのTシャツが好き。

サイズが合ってないからブカブカだけど、コレがあるから着るのをやめられない。

「んふふふ~♡」

ほんの少し上機嫌になりながら、アタシは一階に下りる。

洗面台で顔を洗って、それから台所で朝ご飯を物色した。

迷った結果、アンパンと牛乳が選考を勝ち残る。

元々アンパンは好きじゃないんだけど、なんだか元気百倍になる気がしたんだよね。

「けぷっ、ご馳走様ぁ」

朝ご飯を食べ終えたアタシは、外出前の荷物チェックを始める。

お財布、お兄ちゃんのスマホ、家の鍵……よし、これだけあれば大丈夫。

アタシはポケットにそれらをしまうと、玄関へと向かう。

そして、お気に入りの黒とピンクのスニーカーを履く。

少しサイズがキツくなってきているんだけど、大好きなお兄ちゃんがプレゼントしてくれたものだから……本当に履けなくなるまでは使っていたいんだよね。

「……うーしっ、行くよ」

玄関を開いて、眩《まぶ》しい日差しが照らす外の世界へと足を踏み出す。

この間までは、太陽の光を浴びただけで体が溶けるような感覚があったけど……今ではすっかり慣れちゃった。

「戸締まり、戸締まり……」

忘れないように玄関の鍵をかける。

よし、ちゃんとできた……と、アタシがホッとした瞬間。

「あらぁ、華恋《かれん》ちゃんじゃなぁい？」

「うっ!?」

第一の関門、前の家のおばちゃんが現れた。

朝のお掃除をしていたのだろう。

箒《ほうき》を片手に握ったまま、うちの敷地前からこちらを見ている。

「どこかへ遊びに行くの？　鍵をかけたってことは、ママやお兄ちゃんは留守なの？」

「あ、え？　いや、その……」

「ごめんなさいね、根掘り葉掘り聞いちゃって。別に何かあるわけじゃあないんだけどね、ただ気になったことは口に出しちゃうタイプでねぇ」

始まった……！　マシンガンのような早口！

ママやお兄ちゃんはこれを軽く受け流すことができるけど、アタシはまだこれができない。

「それにしても華恋《かれん》ちゃん、本当によかったわ。おばさんね、貴方《あなた》が引きこもるようになってからずっと心配していたのよ？　だけどようやく学校に通い始めたみたいだし、安心したの」

「そ、そうですか……」

「安心といえばね、私の姉の娘が大学生なんだけどね？　その子ってば美人なのに、未だに彼氏の一人も作ったことがないっていうのよ！　それでもう私も姉も、その子の将来が心配で心配で仕方ないったらありゃしないの。ほら、今どきの子って小学校くらいから彼氏とか作ったりするもんでしょう？　華恋ちゃんのクラスでも、そういう子がいたりするんじゃない？」

「あの、それは、分からない、です」

「そう？　まぁとにかく、私は姪のことが心配なの。社会人になって男性とのお付き合い経験もないんじゃ、どんな悪い男に騙《だま》されるか分かったもんじゃないし。そこで相談なんだけど、もしよければ今度の休日に、来人《らいと》君と会わせてもいいかしら？」

「……え？」

「来人君も彼女がいないみたいだし、ちょうどいいでしょう？　来人君がいい子だってことは私もよく知ってるし、美男美女でお似合い……」

このババア、何を言ってんの？

お兄ちゃんに、アタシのお兄ちゃんに女を紹介しようって？

ふざけてる。そんなの、許せるわけないじゃん。

「すみません！　それはダメです！」

「え？　どうして？」

「お兄ちゃんは女の人に興味ありませんから！」

「はえ？　来人君って、そうなの……？」

「じゃあ、失礼しますっ！」

大きな声でそう叫ぶと、アタシは猛ダッシュでその場から走り去る。

なんだか、誤解を与えるようなことを言っちゃった気もするけど……まぁ、いいよね。

これでお兄ちゃんに悪い虫が寄り付かなくなるなら、一石二鳥だもん。

□

第一の関門、近所のおばさんを乗り越えて……続いてやってきたのは最寄り駅。

ここは第二の関門、というほどでもないかな。

だって交通系電子マネーカードをタッチして、改札を通り抜けるだけだし。

「んっと、これをタッチして……」

ピンポーンッ！

「んえぁっ!?」

アタシがカードを改札でタッチした瞬間、前の扉がバーンッと閉まって大きな音が鳴る。

な、なんで？　いつもはこれで通れるはずなのに……？

「あー、お嬢ちゃん？」

戸惑っていると、駅員室から背の高い駅員さんが出てくる。

ど、どうしよう？　もしかして、怒られちゃう……？

「うぁっ、あ、アタシ……何もしていません」

ビクビクしながら必死に弁明しようとすると、駅員さんは小さく頷《うなず》いた。

「うん、分かってるよ。そのカード、どうやら残高不足みたいなんだ」

「残高不足……あっ」

そう言えば、前にお兄ちゃんが言ってたっけ。

カードにチャージしているお金が少なくなると、改札を通れなくなるって。

「チャージの方法は分かるかい？」

「……た、多分、できると思います」

「そっか、偉いね。じゃあ後ろで見ていてあげるから、やってみて」

優しい駅員さんに見守られながら、アタシはカードのチャージをすることになった。

うぅっ、なんだか周りからすごく見られている気がする。

「「「「（あの子、すっごく可愛《かわい》いな……）」」」」

恥ずかしいよぉ……

それからアタシはカードのチャージも終えて、無事に改札を通過。

ノーカレー・ノーライフがある街に向かうため、電車に乗り込むのだった。

□

「はぁ……やっとここまで来れたぁ」

駅での一騒動も終えて、電車に乗ってやってきたのは見知った街。

駅前に大きな商店街がある街で、この前お兄ちゃんと水族館デートをした帰りに立ち寄った場所でもある。

「あの時は、皆川《みながわ》先生のせいでデートが台無しになっちゃったけど……もしかしてお兄ちゃん、アタシをノーカレー・ノーライフに連れていこうとしてたのかな？」

スマホの画面に映し出された地図を見ると、ノーカレー・ノーライフという店は商店街を外れた道の先にあるようだ。

それはあの日、お兄ちゃんがアタシをデートの最後に連れていこうとした場所の近くだ。

「お店の名前からしてカレー関係のお店なんだろうけど、デートのクライマックスにまでカレーとか……ほんっとうにお兄ちゃんて、ヤバいよね」

大学生になっても彼女ができない理由がよく分かるし、そんなお兄ちゃんと付き合った女の子はきっと不幸になっちゃうだろう。

お兄ちゃんの筋金入りのカレー好きを受け入れられるのは、アタシくらいだろうね。

はぁ、仕方ないから……ずっとずっと、お兄ちゃんの面倒はアタシが見てあげようかな。

「ふっ、ふふふふふっ……」

なんてことを考えている間に、アタシは最終関門……商店街の入り口に到着する。

ノーカレー・ノーライフに行くためには、ここを通り抜ける必要がある……んだけど。

「うわ……いつ見ても、気持ち悪い」

日曜日の午前ということもあって、多くの人が行き交っている商店街。

うぞうぞと蠢《うごめ》く人の波に、アタシは若干の吐き気を覚える。

この間の一件でいじめのトラウマを克服して、学校に通えるようになっても……未だにこの人混みだけは受け入れられない。

なんていうか、人混みアレルギーというか……人混み恐怖症といえばいいのかな？

「……落ち着いて、アタシ。大丈夫、大丈夫だから」

カレー名言Tシャツの上から、アタシは自分の胸を押さえる。

ママには遠く及ばないけど、わずかな柔《やわ》らかさを感じる胸。

いつか大きく成長して、おっぱい好きの変態お兄ちゃんを骨抜きにする胸。

お願い、これ以上ドキドキしないで。今は……今だけは耐えて。

「ふぅっ、ふぅっ……」

呼吸を整え、意を決してからアタシは商店街の中に身を投じていく。

幸いにも身長の低さと小柄な体格が幸いして、誰かにぶつかられるとか、押されるようなことともなく……スイスイと人の波を抜けていく。

「っ……！」

気がつくといつの間にか、アタシは息を止めていた。

まるでプールの底を歩いているような感覚。

苦しい。でも、今ここで息を吸ったら……アタシはきっと溺《おぼ》れちゃう。

「〜〜〜〜っ！」

頑張れ、頑張れアタシ。

できる。今のアタシならきっとやれる。

お兄ちゃんに、立派になったと褒められたい。

お兄ちゃんを救い出して、いっぱいいっぱい頭を撫《な》でてもらうんだ！

だから、だからもう少しだけ……！

「ぷはぁぁぁぁぁっ！」

やがて限界を迎えたアタシは、口を大きく開いて、ありったけの空気を吸い込む。

でも、そこはもう商店街の人混みの中じゃない。

前にお兄ちゃんが連れてきてくれた、商店街を外れた脇道《わき》の途中だ。

「ぜぇ、はぁっ、や、やった……！」

全身汗だくになりながら、胸の奥からこみ上げる達成感に体を震《ふる》わせる。

「えへっ、へへへへっ！　やればできるじゃん、アタシ！」

最後の難関を乗り越えたことで、なんだか自信までついてきた。

この勢いで、お兄ちゃんの元バイト先……ノーカレー・ノーライフにも乗り込もう！

□

商店街から少し離れた脇道を通って一分ちょっと。

スマホに表示されている場所に、アタシはようやく到着した。

「ここが……ノーカレー・ノーライフ？」

なんかウネウネした英語で書かれた看板が目立つ、小綺麗《ぎれい》なお店。

カレー系のお店というよりは、ケーキのお店とか、オシャレな喫茶店って感じの見た目をしているけど……本当にここで合ってるのかな？

「……とにかく、入るしかないよね」

ガラス製のドアを押して開くと、カランカランってベルの音が店内に鳴り響く。

それと同時に、アタシのお鼻に届いてきたのは……美味しそうなカレーの匂い。

「わぁっ、すっご……」

こぢんまりとした店内には幾つもの棚が並んでいて、その上にはピカピカしたお皿やスプーンなんかが飾られている。

純白のお皿から銀色の変な形をしたお皿。

その他に、なんかテレビで見たことある、魔法のランプみたいな形をしたカレーを注ぐアレも置いてあった。

「はぁぁぁ……」

さらに食器の隣には、大量のレトルトカレーが山積みにされているコーナーもある。

種類もいっぱいで、なんか沖縄とか、北海道とか書いてあるから……もしかしたら、全国のご当地レトルトカレーが揃《そろ》っていたりするのかも。

「おやおや、そんなに物珍しいかい？」

「ひゃぁっ!?」

いきなり声を掛けられて、思わず素っ頓狂《とんきょう》な声を上げてしまう。

「あっ、うぇ？」

心臓がバクバクするのを感じながら、声がした方向に顔を向ける。

店内の隅っこ。丸テーブルと椅子が置かれた休憩スペースのような場所で、コーヒーカップを片手に座っている女の人がいた。

「いらっしゃい、可愛《かわい》いお客さん。オレの店にようこそ」

耳をゾワゾワとさせる、カッコいいハスキーボイス。

黒くてツヤツヤとした長髪を姫カットのようにしているそのお姉さんは、多分だけどお兄ちゃんよりちょっと年上くらいに見えた。

ママほどじゃないけど胸がとても大きくて、服装はゴスロリ。

だけど全然、痛々しい感じはしない。

むしろ、この服がお姉さんのために用意されたんじゃないかってくらい……似合ってる。

「ん？　どうしたんだ？　そんなにジロジロと見られたら、照れるぜ？」

「しゅ、しゅみませんっ……」

緊張のせいか、口が上手く動いてくれない。

ど、どうしよう？　なんて言えばいいのかな……？

「……ふふっ、面白いな。来人《らいと》の馬鹿から聞いていた印象とは、かなり違ってるね」

「へっ？」

「君、牛野華恋《うしのかれん》ちゃんだろ？　来人の妹で、小学五年生」

お姉さんはコーヒーカップをテーブルに置くと、ポケットから一本の棒付きキャンディを取り出す。それを口に咥《くわ》えてから、ニコリと微笑《ほほえ》みかけてくれた。

「なんで、アタシのこと知ってるの？」

「来人がここでバイトをしていた時、たっぷりと惚気《のろけ》を聞かされたんだよ。アイツ、自分の妹は世界一可愛いって毎日のように自慢してくるからさ」

「な、なななな っ……！」

ば、ばっかじゃないのっ!?

いくらアタシのことが好きだからって、さすがにやりすぎだっての！

でも、でもでもでもっ！　すうっっっっごくっ！　嬉しいっ！

「そんでまぁ、特徴は知っていたし。そのＴシャツ……来人のお気に入りの『カレー名言Ｔシャツ』だろ？　それを着ている小学生の女の子なんて、アイツの妹くらいだろうからさ」

「なるほど……」

だからアタシがお兄ちゃんの妹だって、すぐに見抜いたんだ。

「おっと、そういえばこっちの自己紹介がまだだったな。オレはレイカ。このノーカレー・ノーライフの店長をやってる」

「レイカさん……」

若いのに、もう自分のお店を持っているなんてすごいなぁ。

ていうか、こんなに綺麗《きれい》でスタイルもいい女の人のところで……お兄ちゃん、バイトをしていたんだね。そう考えると、なんだかムカムカしてきたかも。

「華恋《かれん》ちゃん。来人《らいと》の馬鹿は一緒じゃないみたいだけど……今日はどんなご用かな?」

「ええっと、その……」

どうしよう。異世界ポータルのことを説明するわけにもいかないし……そもそも、なんでお兄ちゃんがここへ行けと言ったのかもよく分かってない。

とりあえず、上手く誤魔化しながら話すしかないよね。

「じ、実はちょっと……アタシとお兄ちゃんが、ママと喧嘩《けんか》しちゃってて」

「ママって、雫《しずく》ちゃんのこと? へぇ、あの子が子供と喧嘩するとはねぇ」

棒付きキャンディを口の中でコロコロと転がしながら、レイカさんは目を丸くしている。

雫ちゃん? なんだか、ママのことを年下扱いしているみたい……

「それであの、仲直りするためにママと料理対決をすることになったんですけど……お兄ちゃんがママに負けちゃって」

「ハハッ、そうだろうねぇ。雫ちゃんに勝てる奴なんて、そうはいないよ」

「だから次は、アタシが勝負しないといけないんですけど……」

「君が？　いやいや、絶対に無理だと思うよ」

「……はい。でも、お兄ちゃんがこの店にママを倒すヒントがあるって」

「ふーん、なるほど。来人の奴、オレに丸投げしやがったわけだ」

アタシの話を聞いたレイカさんは、眉間《みけん》に青筋を立ててガリッと飴《あめ》を噛《か》み砕く。

顔は笑っているのに、声の雰囲気とは気配が……こ、怖い。

「あっ、ごめんね。君を責めているわけじゃないんだ。この分は来人にツケておくから、今度会った時にでも搾り取ってやるよ」

「は、はぁ……？」

「子供にはまだ早いことだよ。それよりも、雫ちゃんの倒し方だったね」

レイカさんは新しい棒付きキャンディを取り出して、それを再び口に含む。

一瞬だけチラッと見えたけど、あの茶色いキャンディ……もしかして、カレー味？

「残念だけど、オレでも雫ちゃんを倒す方法は教えてあげられないんだ」

「えっ？」

「だけど、その方法を君に授けてくれそうな心当たりはあるよ。よければ、その人の居場所を君に教えてあげようじゃないか」

椅子から立ち上がったレイカさんは、お店のカウンター脇《わき》にある扉の奥へと消えていく。

それから数分くらいして、レイカさんは一枚の紙を持って戻ってくる。

「ほら、ここに書かれているのが……伝説の『カレー仙人』の住所だ」

「カレー仙人……？」

「君や来人《らいと》が生まれるよりもずっと前に、雫《しずく》ちゃんがアルバイトしていたカレー屋さんの店主さんだよ。彼の作るカレーは、それはもう無敵の美味しさを誇っていた」

ママがアルバイトしていたカレー屋さん？

そんなこと、今まで一度も聞いたことがなかった。

「懐かしいねぇ。あの時の雫ちゃんはカレー仙人によく怒られていて、アタシが何度も慰《なぐさ》めてあげたんだよ」

「ん？　ママを、慰めてあげた……？」

「ああ。あの子はアタシの後輩だからねぇ」

ママが、後輩……？　あれ？　ママって、三十八歳だったよね？

じゃあ、レイカさんはそれ以上のおばさ……ん？

「はぇぇ？」

「とにかく、雫ちゃんに料理の基礎を叩《たた》き込んだカレー仙人なら、雫ちゃんを超える料理を作る方法を知っているかもしれないってことさ」

頭がプチパニックしているアタシに、住所が書かれた紙を手渡してくれるレイカさん。

その紙をよく見てみると……このお店から、カレー仙人の家へのルートが分かりやすい地図で描かれていた。

「歩いて数分くらいだから、迷うことはないと思うよ」

「ありがとうございます！」

「でもね、華恋《かれん》ちゃん。カレー仙人に会うのはいいけど……」

「それじゃあ失礼します！　また今度、お兄ちゃんと一緒に来ます！」

地図を握りしめたアタシは、レイカさんに頭を下げてから駆け出す。

とにかく一刻も早く、お兄ちゃんを助け出すために……のんびりしていられないもんね！

「あーあ、行っちゃった。最後に一つ、忠告があったのに」

でも、急いでいたせいでアタシは大切なことを聞きそびれる。

「カレー仙人に会うことはできるだろうけど、彼はもう……」

囁《ささや》くように呟《つぶや》かれたレイカさんの声は、アタシに届くことはなく。

けたたましく鳴り響くカウベルの音に、掻《か》き消されてしまうのだった。

□

レイカさんから貰《もら》った地図を頼りに歩き続けて、十分くらい。

アタシは一軒の古びた家の前に辿《たど》り着いていた。

「なんだか、思っていた感じより普通かも」

仙人っていうくらいだから、すっごい家に住んでいるのかなって思ってた。

でも、アタシの目の前にあるのはどこにでもあるような普通の一軒家。

何度かお盆に行ったママの方のおじいちゃん家が、こんな感じだったっけ。

「んーっと、チャイムはどこにあるんだろ?」

門のところにインターホンが見当たらなかったので、アタシは鉄製の門を開いて庭の中に入ることにした。

「お邪魔しまーす……」

ジャリジャリと小石を踏み鳴らしながら、玄関ドアの方に歩いていく。

その途中、なんだか変な気配を感じて……アタシは視線を横に向けた。

「……あっ」

アタシが目を向けたのは、ベランダに面した中庭という感じの場所。

そこの中心に、一人のお爺さんが立っているのが見える。

後ろ姿しか見えないけど、真っ白な白髪頭に……将棋のプロが着ていそうな、着物みたいな、浴衣みたいな格好をしている。

もしかして、あの人がカレー仙人?

「あ、あのー……?」

「…………」

恐る恐る、アタシはお爺さんに話しかけてみた。

だけどお爺さんは空を見上げたまま、こちらを振り返ろうともしない。

「あのぉっ！　すみませんっ！」

耳が遠いのかと思って、もう一度大きな声で呼びかけてみる。

だけどそれでも、お爺さんはピクリとも動かない。

あれ？　もしかしてこれ、マネキンだったりするのかな？

いや、でもほんのちょっとだけ呼吸の音が聞こえるし……

「むぅぅうっ！」

だったらやっぱり、アタシのことを無視しているってことだよね？

そう思ったアタシが、お爺さんの正面に回り込もうとした……その時だった。

「あら？　もしかして、そこにいるのは華恋《かれん》さんですの？」

「……へっ？」

突然、後ろから聞き覚えのある声で話しかけられる。

驚きながら声のした方を振り向くと……

「ひ、姫妃《ひめき》ちゃん？　なんでここにいるの？」

「それはこちらのセリフですわよ」

そこにいたのは、アタシの一番のお友達……蛇ヶ崎姫妃《じゃがさきひめき》ちゃん。

すっごく可愛《かわい》くて、優しくて、クラスでも大人気の姫妃ちゃんが……なぜかパンパンのエコバッグを片手で提げながら立っていた。

「私はその、カレー仙人に話があって……」

「カレー仙人？　ああ、お祖父《じい》様のことですわね」

「お、おじいさまぁ？　ということは、もしかしてこの人……？」

「ええ。ワタクシ、蛇ヶ崎姫妃の祖父……蛇ヶ崎怜将《れいしょう》お祖父様でしてよ」

「うぇぇぇぇぇぇっ!?」

まさか、そんなことがあるなんて……！

世間は意外と狭い、とかお兄ちゃんやママがたまに言ってるけど……本当だったんだ。

「とにかく、こんなところで立ち話もなんですわ。お祖父様のお家の中で話しましょう」

姫妃ちゃんはそう言うと、怜将お爺さんの傍《そば》へと近付いていく。

「ほら、お祖父様。家の中に戻りますわよ」

そして手を掴《つか》むと、慣れた感じで怜将お爺さんを家の中まで引っ張っていった。

「華恋《かれん》さーん！　貴方《あなた》もついてきてくださいましー！」

「あっ、うん！」

それからアタシも、姫妃ちゃんを追いかけて家の中に入っていくのだった。

□

「なるほど、お母様との料理対決のために……お祖父様《じい》からのアドバイスが欲しい、と」

「そうなんだよね。ほんっと、困っちゃってて」

カレー仙人の家で姫妃《ひめき》ちゃんと出会ってから、十数分後。

案内された客間でお茶とお煎餅《せんべい》を貰《もら》ったアタシは、これまでの経緯（異世界ポータルのことは秘密にして）を姫妃ちゃんに説明していた。

正直、こういう説明とかは苦手なんだけど……頭のいい姫妃ちゃんはすぐに事情を理解してくれて、納得したように何度も頷《うなず》いていた。

「たしかにお祖父様は過去、カレー屋の店主でしたわ。その店はかなりの人気を誇り、営業日は常に長蛇の列ができていたとか……」

「そ、そんなに凄《すご》かったんだ？」

「数々の賞を受賞し、テレビの取材も引っ張りだこ。お店を畳む前までは大繁盛で、我が家も優雅で豪勢な生活をさせてもらっていましたの」

ズズッと緑茶を啜《すす》りながら、姫妃ちゃんは昔を懐かしむような顔をする。

今はあまり裕福じゃないそうだけど、普段の姫妃ちゃんがお嬢様みたいなオーラを漂わせているのは……その時の生活のおかげなのかもしれない。

「そんなに繁盛していたのに、なんでお店を辞めちゃったの？」

「理由は大きく分けて、二つほどありますの」

そう言って姫妃ちゃんは、チラリと視線を横に流す。

その先にいるのは、部屋の隅に置かれた仏壇の前でボーッとしている怜将《れいしょう》お爺さんだ。

「まず一つ、お祖父様の店を手伝っていたお祖母《ばあ》様がお亡くなりになられたこと」

「お婆さんが……」

仏壇に置かれている綺麗《きれい》なお婆さんの遺影。

多分、あの人が姫妃ちゃんのお婆さんってことだよね。

「ですが、お祖父様はそれでも一人で店を切り盛りしていたそうですわ。ワタクシの母も、育児の合間にお手伝いをしていたそうですし……」

「じゃあ、なんで？」

「それが二つ目の理由ですわ。単純に、お祖父様の体が衰えたことが原因ですのよ。飲食店のお仕事……特に厨房仕事は過酷なので」

「そっか……そうだよね」

毎日毎日、何十、何百という料理を作り続ける。朝早くから起きて、夜遅くまでずっと厨房の中にいるなんて……アタシには真似できそうにない。

「そして限界を迎えたお祖父様《じい》は引退して店を畳みましたの。ですがそれ以来、あのように腑抜けた感じになってしまわれて……」

「前にテレビで見たことあるんだけど、たしか……にんちしょーってやつ？」

「家族も最初はそう思ったそうですわ。でも、病院に連れていっても……お医者様はそうではないと診断なさいましたの。あくまでも、精神的な落ち込みからだと」

おかげで色々と大変ですの、と姫妃《ひめき》ちゃんは笑う。

かいごしえん？　とか、ほじょきん？　が貰《もら》えない、と説明してくれたけど……馬鹿なアタシにはほとんど意味が分からなかった。

「とにかくお祖父様がこんな状況なので、ワタクシが定期的に様子を見に来ていますの。冷蔵庫の中をいっぱいにしたり、家のお掃除をしてあげたり」

「へぇ……姫妃ちゃん、偉いね。きっと、いいお嫁さんになれるよ」

家事なんて、たまに洗濯物を畳むことしかしたことがないアタシとは大違いだ。

だから素直に、姫妃ちゃんを褒めたんだけど……

「そ、そうですわよね？　ワタクシ、とっても優良物件ですわよね？」

「え？　あ、うん」

「是非とも、そのことをお兄様にもお伝えくださいまし！　ワタクシが家事万能、容姿端麗《ようしたんれい》、眉目秀麗《びもくしゅうれい》、スタイル抜群、尽くすタイプの女だと！」

鼻息を荒くしながら、勢いよく捲《まく》し立ててくる姫妃ちゃん。

なんだろう、前々から思っていたけど……

やっぱり姫妃ちゃんって、アタシのお兄ちゃんを本気で狙《ねら》ってる？

いやいやいやいや、そんなわけないよね？

あのクソダサざぁこざぁこドーテーカレーフェチマザコンロリコンシスコン男のよさが分かるのは、全世界でアタシくらいなものだろうし……

「っと、失礼しましたわ。ワタクシとしたことが、つい取り乱してしまいましたわ」

アタシがドン引きしている表情に気づいたのか、冷静さを取り戻す姫妃ちゃん。

もし、この子がマジでお兄ちゃんを奪いに来るのなら……その時はアタシ、親友を失うことになっちゃうのかも。

「とにかく、そういう事情ですので。お祖父様から料理の極意を教わるのは、難しいですわ」

「こっちの質問に答えてくれそうな感じじゃないもんね」

「ええ、残念ながら。せめて、お祖父様がもう少し若ければ……やる気と気力に満ち溢《あふ》れていた頃のお祖父様であれば、お役に立てたかもしれませんわ」

「「はぁ…………」」

どうしようもない現実を前に、アタシも姫妃ちゃんも深い溜め息を漏らす。

困り果て、打開策も思い浮かばず、二人でバリバリと煎餅《せんべい》を食べ続ける。

姫妃《ひめき》ちゃんの言うように、怜将《れいしょう》お爺さんが元気な頃だったら大丈夫だったのになぁ。

どうにか、怜将お爺さんを元気にする方法は……

「……あっ、ああっ！　ああああああああっ！」

ここで突然、アタシの頭にピキーンッと電流が走る。

怜将お爺さんを若返らせる方法……あるじゃんっ！

「ど、どうしましたの？　お煎餅《せんべい》が喉に詰まったとか……？」

「そうじゃないよ姫妃ちゃん！　アタシね、すっごい方法を思いついたの！」

オロオロする姫妃ちゃんの手を掴《つか》んでから、アタシは満面の笑みで叫ぶ。

「ねぇ、お願い！　今から怜将お爺さんと一緒に、アタシの家に来て！」

「……え？　華恋《かれん》さんのお家に、お祖父《じい》様と？」

「うんっ！　そこで二人に、すっごいものを見せてあげる！」

なんでもっと早く、このことに気づかなかったんだろう。

アレを使えば、どんな自分にも変身することができる。

理想の大人になることができるなら、その逆だって簡単に叶《かな》うはず。

「さぁ、一緒に異世界に行こう！」

そう、異世界ポータルを使えばね。

サラダ②✦『雫ママのお楽しみタイム♡』

家出した母さんを連れ戻すため、十分な勝算を持って挑んだ料理対決。

しかしその結果は惨敗。

なんとか妹の華恋《かれん》だけは逃がすことに成功したが、勝負に敗北した俺は母さんに捕らえられてしまい……追い詰められていた。

「くっ……！　母さん、もうこんなことはやめてくれ！」

料理対決の会場だった闘技場から場所を移して、バブバブ団のアジト。

その地下にある拷問《ごうもん》室の磔台《はりつけだい》にて、俺は両手両足を拘束されている。

異世界ポータルの恩恵で得たパワーを使えば、こんな拘束を引きちぎることは容易《たやす》い。

だが、それをするわけにはいかない理由があった。

「あらあら、来人《らいと》。敗者は勝者に従うのみ、でしょう？」

「……ああ、分かってる」

そう、俺は負けたんだ。

だから母さんに逆らうことはしないし、言われたことはなんだってする。

いくら家族とはいえ、約束事はしっかり守らないといけない。

「でもな、母さん。俺の体を好きにできても、心は絶対に屈しないからな」

そうだ。あれから俺は、とんでもない責め苦を受け続けてきた。

服を脱がされてオムツ一丁にされたり、おしゃぶりを咥《くわ》えさせられたり、延々と赤ちゃん言葉で話しかけられたり……それはもう酷い辱めだった。

「ふふっ、そうねぇ。来人ってば、どれだけ赤ちゃん扱いしても効いてないし……ここからは少し、アプローチを変えた方がよさそうだわ」

「ふん、何をしようとも無駄だ。俺は普段から禁カレーで精神を鍛えている。どんな責め苦だろうとも、俺の心を折ることはできないぞ！」

禁カレー。古来よりインドの高僧たちは自身の悟りを開くため、好物のカレーを週に一度しか口にしないという制約を立てていたという。

その精神的苦痛はカレーを愛すれば愛するほどに強くなり、なかには三日ともたずに精神を崩壊させた者もいるとされている。

そして週にたった一度だけというカレー生活に体を慣らした者は、神に匹敵する精神の持ち主として、人々から称賛を浴びた。

ガガガ書房刊『神とカレーと悟りの道』より引用だ。

「ねぇ、来人。北風と太陽って知ってる？」

「え？　そりゃあ勿論《もちろん》、知ってるけど……」

「今まで貴方《あなた》にしてきたことは、とっても辛い『北風』だったでしょう？　でも、それじゃあ来人《らいと》の心を開くことはできなかった」

「ハッ!?　まさか……？」

「だからね、これからはたぁっぷり……『太陽』してあげる♡」

母さんはクスクスと妖艶《ようえん》に笑いながら、白く柔《やわ》らかい手を俺の頭に乗せる。

「よしよし♡　いい子いい子〜♡」

「うぐぅっ……！」

なんという破壊力だ。

ただ頭を撫《な》でられるだけなのに……全身に多幸感があふれていく。

だが、この程度の甘やかしは今までに何度も体験している。

これくらいじゃ、俺を籠絡《ろうらく》させるには至らないぜ……！

「んー？　ダメね。こんな場所じゃムードが出ないわ」

俺が折れないのを見た母さんはナデナデ攻撃を中止して、エクスカレードルを取り出す。

「えーいっ」

エクスカレードルが振られるのと同時に、周囲の景色が一変する。

おどろどろしい拷問《ごうもん》室から、ピンクの小物がいっぱいの可愛《かわい》らしい部屋へ。

そして磔台《はりつけだい》に拘束されていた俺は、ふかふかのベッドの上に寝転ぶ格好になっていた。

「ここは……？」

「こっちの世界に用意した私のお部屋よ。ということで、ほらほらぁ」

ボフンッとベッドに飛び乗ってきた母さんは、寝転がっていた俺の頭を優しく持ち上げる。

そしてベッドに座る自分の太ももに……俺の頭を降ろす。

「なぁっ……!?　これは、膝枕……だと？」

ムチムチした柔らかさと、すべすべした太ももの感触。

さらには花のように良い香りが、俺の体を包みこんできた。

「あっ……あぁ……」

なぜだろう？

こうしていると、心が落ち着いて……意識がフワフワとし心地よくなってくる。

どんな高級枕を使うよりも、母さんの膝枕で眠る方が安眠できそうだ。

「んっふっふっー♡　まだまだ、これで終わりじゃないわよ？」

「な、何をするつも……」

「ふぅぅぅぅっ♡」

「ひぃあぁぁぁぁぁぁぁぁっ！」

膝枕されている俺の耳に向かって、息を吹きかけてくる母さん。

耳への攻撃耐性など皆無な俺は情けなくも、あられもない声を上げてしまった。

「うぁ、ぁ……」

「じゃーん♡　来人《らいと》、これなーんだ？」

ビクビクと体を震《ふる》わせる俺の目の前に、母さんはソレを見せる。

白い毛玉に細長い棒が伸びた形状の道具。

世界中の誰もが、その快楽を幼少の頃から母親に叩《たた》き込まれる……悪魔のような行為。

「み、耳かき……？」

「正解♡　じゃあ、ご褒美に……いっぱい気持ちよくしてあげる♡」

「や、やめっ……あっ、あっあっあっあっ！」

ズポッ。耳の奥深くに投入される耳かき棒。

しかし熟練の腕によるものか、一切の痛みは感じない。

「もうっ、来人ったら……こんなにいっぱい溜めて、イケない子ね♡」

カリッ、カリカリカリ。

ゾゾッ、ゾリリ、ゾリリリ。

「〜〜〜〜〜〜〜〜〜〜〜〜〜っ！」

気を抜けば、あっという間に意識を刈り取られかねない快感。

耳の中に溜まっていた老廃物が、少しずつ、確実にこそぎ取られ、綺麗《きれい》になっていく感覚。

「こーらっ♡　暴れちゃダメでしょ♡」

トドメとばかりに、幾度となく耳元で囁《ささや》かれる母さんの生ＡＳＭＲボイス。

鉄壁を誇っていた俺の理性に、ビシッとヒビが入るのが分かる。

「ひぁ、あぅ……か、かれぇん……」

母さんの熟練のテクニックで、すっかり骨抜きにされてしまいそうになるなか。

俺は、最後の気力を振り絞って口を開く。

「かれぇぇぇぇぇんっ！　早く助けに来てくれぇぇぇぇぇぇぇぇっ！」

この世界に戻ってきているかも分からない、最愛の妹に救いを求める。

妹よ、兄はもう限界かもしれない。

どうか、どうかお願いだから……俺が俺でいられる間に。

「はぁい、こっちの耳は仕上げよ♡　ふぅぅぅぅぅっ♡」

「おんぎゃ～～～～～～～っ！」

赤ちゃんに心を堕としてしまう前に、助けてください。

マジでお願いしまちゅ……

五杯目✦『妹よ、お年寄りには優しくしなさい』

姫妃《ひめき》ちゃんのお爺さんの家を後にして、我が家の玄関前に戻ってきた瞬間。

不意に、アタシはそれを感じ取った。

～～～（かれぇぇぇぇぇぇんっ！　早く助けに来てくれぇぇぇぇぇぇぇぇぇっ！）～～～

「ハッ!?　お兄ちゃん……!?」

どこからかお兄ちゃんの情けなぁいクソザッコな泣き声が聞こえた気がする。

でも、そんなわけないよね。

お兄ちゃんは今、あっちの世界にいるわけだし……

「華恋《かれん》さん？　どうかしましたの？」

腕を組んで悩んでいると、後ろから姫妃ちゃんがアタシの顔を覗《のぞ》き込んできた。

あっ、いけない。今は考え事している場合じゃないんだった。

「ううん、なんでもない。それよりも、早く家に入ろ」

アタシは姫妃ちゃんの言葉に答えてから、玄関の鍵を取り出す。

「姫妃ちゃん、急に無理を言ってごめんね」

「いいえ、構いませんわ。親友の力になれるなら、どんなことでもしますわ」

そう言って姫妃ちゃんは、隣にいる怜将《れいしょう》お爺さんの手を引く。

「それに『お祖父《じい》様を元気にする方法』があると言われては、それを確かめないわけにはいきませんもの」

「………………」

ぼんやりと、姫妃ちゃんに引かれるままについてきた怜将お爺ちゃん。

この人から料理の秘策を聞き出すために、アタシはとある作戦を思いついた。

だからこうやって、姫妃ちゃんたちを我が家に招いたんだ。

「大丈夫、任せて。アタシに秘策があるから」

玄関ドアを開けて、アタシは二人を家の中に招く。

本当はお茶とかコーヒーとか出した方がいいのかもしれないけど、アタシはそんなのやったことないし……のんびりしている暇はない。

「早速で悪いんだけど、アタシについてきて」

「ええ、分かりましたわ。お祖父様、こちらですわ」

「………………」

何の反応もない怜将お爺さんを引き連れて、アタシと姫妃ちゃんは家の二階へと向かう。

階段を上がり、突き当たりにある物置部屋の前まで進んだところで……

「ごめん。ちょっと用意するものがあるから、ここで待ってて」

「了解ですわ。あの、ところであそこにあるお部屋は……お兄様のお部屋なんですの？」

「うん、そうだよ。でも、今は留守だけどね」

「お兄様の……ああっ、いけませんわワタクシ。そんなはしたない妄想は……」

姫妃《ひめき》ちゃんはお兄ちゃんの部屋を見つめたまま、くねくねと体をよじり始める。

ちょっとキモいなぁと思ったけど、一旦それはスルーして自分の部屋に向かった。

「んーっと、たしか前に買ったのがあるはず……あった！」

ガサゴソと机の引き出しをまさぐり、アタシはとある物を取り出す。

急いで廊下に戻ると、いつの間にか姫妃ちゃんがお兄ちゃんの部屋を覗《のぞ》き込んでいた。

「うぇっひっ、ひひひ……お兄様のベッド……お兄様の枕……」

「姫妃ちゃん？　何してるの？」

「ひょえぇぁぁぁぁぁあっ⁉」

後ろから声をかけると、姫妃ちゃんはぴょいーんと高くジャンプ。

そのまますごい勢いで、怜将《れいしょう》お爺さんの隣まで戻っていった。

「あ、あらぁ？　華恋《かれん》さん、思っていたよりもお早いお戻りですわね、おほほほっ」

「……まぁいいや。姫妃ちゃん、これを着けてくれる？」

親友の変態な一面を目にした気まずさを感じつつも、アタシは持ってきたものを差し出す。

「これは……アイマスク、ですの？」

「うん。これを怜将お爺さんと一緒に、着けてほしいんだ」

「はぁ……？　よく分かりませんけれど、従えばよろしいんですのね」

急にこんなことを言われて、姫妃ちゃんは困惑している感じだった。

でも、結局は嫌とは言わずに……まずは背伸びをして、怜将お爺さんにアイマスクを装着。

続いて、自分にもアイマスクをしてくれた。

「これでよろしくて？」

「ありがとう。じゃあ、アタシが手を引っ張るから……ゆっくりついてきてね」

物置部屋の扉を開いてから、アタシは姫妃ちゃんと怜将お爺さんの手を取る。

そこにあるのは、ママとお兄ちゃんが異世界転移中の……赤いポータルだ。

これを見られるわけにはいかないから、わざわざアイマスクを用意したんだよね。

「あのね、姫妃ちゃん。これからちょっと体がフワッとするかもしれないけど、何も問題はないから安心して」

「フワッと……？」

「それじゃあ、行くよ。一、二の……さぁんっ！」

変に疑問を持たれたり、怪しまれたりする前に二人を異世界に連れていかないといけない。

アタシは二人からの返事も待たずに、強引に手を引いて……異世界ポータルの中へと飛び込んでいった。

するといつものように、アタシたちの体はふんわりと浮遊感に包まれる。

「なっ、ななな っ!? なんなんですのぉぉぉぉぉっ!?」

異世界転移が初体験の姫妃《ひめき》ちゃんは、その慣れない感覚に絶叫していた。

懐かしいなぁ。アタシも最初の時は、似たような反応をしていたかも。

「ほいっと! とうちゃーっくっ!」

数秒後、アタシたち三人は無事に異世界に到着。

辿《たど》り着いたのは前回とは違って、大きな海が一望できる綺麗《きれい》な丘の上だった。

「さぁ、姫妃ちゃん。目隠しを取ってもいいよ」

「何が起きているやら。華恋《かれん》さん、一体ワタクシたちをどうするつも……はぁっ!?」

アイマスクを取り、目を開いた姫妃ちゃんはあんぐりと口を開く。

右、左、右、左、上、下。後ろ、前、後ろ、前。

あっちこっちを向いたり振り返ったりを繰り返し、最終的には自分の頬《ほお》を抓《つね》っている。

当たり前だよね。姫妃ちゃんからしたら、友達の家の一室に入ったら……いつの間にか広大なファンタジー世界にワープしてるってことだもん。

「んなななななななななっ!」

「落ち着いて姫妃ちゃん! これね、開発途中のゲームなんだよ!」

「げ、げぇーむ……?」

テンパっている姫妃ちゃんの肩を掴《つか》んで、アタシは必死に訴えかける。

さぁ、ここからが大事なところだ！

「ゲームというと、アレですわよね？　テレビにコードを繋《つな》いで、ぴこぴこしている……」

ぴこぴこ？　そんなゲームあったかな？

だけどこの反応からして、姫妃ちゃんはあまりゲームに詳しくないっぽい。

それなら上手く誤魔化せるかも！

「親戚の叔父さんがゲーム会社で働いているんだけど、たまにこうやって発売前のゲームをテストプレイさせてくれるの」

「ですが、ワタクシの知っているゲームとはまるで違いますわ。だって、これはどう見てもリアルといいますか……ただの現実ですもの」

「えー？　姫妃ちゃんってば、知らないの？　今の時代はね、超体感型のバーチャルリアリティゲームが流行ってるんだよ？」

「ばーちゃる、りありてぃ……あっ、ああっ！　勿論《もちろん》、知っていますわっ！　最近の科学の発展というものは凄《すさ》まじいものがありますわよねぇ！」

額《ひたい》から冷や汗をダラダラ流して、姫妃ちゃんは口元をヒクヒクさせている。

「だよね！　姫妃ちゃんなら、知っていると思ったよ！」

「おーっほっほっほっ！　ワタクシに知らないことなんてございませんのよ～！」

ごめんね。姫妃《ひめき》ちゃんが見栄っ張りな性格なことを知っていて、私はそれを利用してる。

今度、何か埋め合わせするから……許して。

「とまぁそういうわけで、この世界はゲームの中の仮想空間なの。今からその証拠を見せてあげるよ……ポータル！」

アタシはこの勢いを逃さないためにも、すかさず追い打ちの一手を打つ。

まずは異世界ポータルにチート能力……『衣装変更』を願う。

「姫妃ちゃん、どんな服を着てみたい？」

「え？　そうですわねぇ……？　やはり、可愛《かわい》いドレスですわね」

「なら、アタシが着替えさせてあげる！」

手に入れたばかりの『衣装変更』の能力を発動させる。

対象は姫妃ちゃん。着替えさせるのは希望通り、うーんっと可愛いドレスだ。

「きゃっ！」

能力の発動後、ボフンッという音を立てて姫妃ちゃんの全身が白い煙に包まれる。

どんどん煙が薄れていって、もう一度見えるようになった姫妃ちゃんの姿は……

「うわわっ！　姫妃ちゃん、すっごく可愛いよっ！」

アニメに出てくる悪役令嬢も真っ青になりそうな、イケてるデザインのドレス。

赤い布地のフリフリや細かな刺繍《ししゅう》が特徴的で、もう本物の貴族令嬢って感じだ！

「これが、ワタクシのドレス……？　とても素敵ですわね」

姫妃《ひめき》ちゃんは白い手袋に包まれた両手や、自分の体を包むドレスを見て頬《ほお》を緩ませる。

ちゃんと気に入ってもらえたようで嬉しいな。

もしかしてアタシ、こういうデザインを考える才能があったりして……？

「ありがとうございますわ、華恋《かれん》さん。ワタクシ、一度でいいから本物のドレスを着てみたかったんですの」

「ゲームだから本物って言えるか微妙だけどね」

そう答えながら、アタシは自分自身にも向かって『衣装変更』の力を使う。

さっきと同じようにボフンッと煙が噴き出して、アタシの服装が変わっていく。

「じゃじゃーん！」

「これは……騎士の格好ですの？」

「うんっ！　姫妃ちゃんが貴族令嬢かお姫様なら、アタシはそれを守る騎士だよ！」

騎士といっても、ガチガチの鎧《よろい》姿は暑苦しいしダサい。

だからアタシは漫画とかでよくみる姫騎士っぽい格好を選んだ。

鎧の面積少なめで、ドレスと合わさったような感じのアレ。

多分、実用性は皆無なんだろうけど……異世界転移で強化されている体に装備なんていらないもんね。可愛《かわい》さ重視にするのが一番いい。

「うふふふっ、こんなにも愛らしい騎士ができるなんて嬉しいですわ」

「アタシだって、姫妃《ひめき》ちゃんみたいに綺麗《きれい》なお嬢様にお仕えできて嬉しいよ」

すっかりノリノリになったアタシは、鞘から出した剣をシャキーンと構えてみる。

それを見た姫妃ちゃんは、お上品な仕草でパチパチと拍手をしてくれた。

「最近のゲームというのは、とんでもないんですのね。五感の全てで楽しめるなんて」

「そ、そうでしょ？　でもね、このゲームの凄《すご》いところはこれからだよ！」

いけない、いけない、いけない。

楽しむのもいいけど、ここに姫妃ちゃんたちを連れてきた目的を忘れるところだったよ。

「ポータル、もう一つアタシに能力をちょうだい」

衣装を変えるスキルのおかげで、姫妃ちゃんはすっかりコレがゲームだと信じてくれた。

これでようやく、本当にやりたかったことを実行できる。

「……よし。じゃあ、行くよ！」

さっきからアタシと姫妃ちゃんが盛り上がっていても、まるで興味なさげにボーッと水平線を眺め続けていた怜将《れいしょう》お爺さん。

その背中を標的に、アタシはピストルに見立てた人差し指を向ける。

「バァーンッ！」

掛け声と共に、アタシの指の先から光の弾丸が放たれていく。

そしてそれは無防備な怜将お爺さんの背中に直撃して、ドカーンと大爆発を起こす。

「ぬおおおおおおおおおおっ!?」

「お、お祖父《じい》様ぁぁぁぁぁぁっ！」

目の前で自分のお爺ちゃんが爆発したことで、姫妃ちゃんが大きな悲鳴を上げる。

「華恋《かれん》さんっ！　貴方《あなた》、なんてことを……！」

しまった。ここまでとんでもないことになるなら、先に説明しておくべきだったかも。

「大丈夫だよ。今のは攻撃じゃないから」

「攻撃じゃない……？　どう見ても、お祖父様が粉微塵《みじん》になったように見えましたけれど？」

「本当だってば！　ほらほら、よーく見てて」

爆発の影響で周囲一帯に巻き上がっている土煙。

丘の上に吹く一陣の風が、それを徐々に晴らしていく中で……

「げほっ、げほっげほっ！」

爆心地から聞こえてくる、男の人が咳き込む声。

でも、その声は荒々しくて力強い……若い男の人のものだ。

「何が起きたんじゃ……？」

「えっ？　お祖父、さ……ま？」

土煙が完全に晴れて、中から現れた人物を見てギョッとする姫妃ちゃん。

そうなるのも当たり前だよね。

だって、そこにいるのは白髪頭の怜将《れいしょう》お爺ちゃんじゃなくて……どう見ても二十歳くらいのお兄さんなんだもん。

「……どういうことじゃ？　ワシの体が……」

短髪の黒髪、キリッと鋭い瞳。

引き締まった肌に、まっすぐ伸びた腰。

今にもはち切れそうなほどに膨らんだ全身の筋肉は、どっかの格闘家みたいにムキムキだ。

「えへへっ、すごいでしょ？　怜将お爺さんはね、若返ったんだよ！」

「お祖父様《じい》が若返った……？　そう言えば、前に見た写真とそっくりですわ」

「ぬぅぅぅぅんっ！　力があふれてくるわい……！」

怜将お爺さんは若返った体の具合を確かめるように、ボディビルダーみたいなマッスルポーズを取り始めた。

うわっ、すごいっ！

大きな筋肉がますます大きくなって……着ている服をビリビリに引き裂いていく！

「ハッ!?　つまり、そういうことだったんですのね！」

「んー？　どうしたの姫妃《ひめき》ちゃん？」

「華恋《かれん》さん、貴方《あなた》の狙《ねら》いは最初からコレでしたのね。お祖父様を若返らせることで無気力状態から回復させ、料理の秘訣《ひけつ》を聞き出す……と！」

流石《さすが》はクラスで一番、成績のいい姫妃ちゃんだ。

羨《うらや》ましくなるくらいに、頭の回転も早い。

「うん、そうだよ、亡くなっているお婆さんの方はどうにもできないけど、若いころの活力にあふれた体なら取り戻してあげられるかもって思ったんだ」

「……ふむ、なるほどのぅ。そいつはありがたい話じゃな」

十分に筋肉の感触を確かめて満足したのか、怜将お爺さん……いや、怜将お兄さんがアタシたちの方へと向かってくる。

怜将お兄さんは若返るまで、ただの一度もアタシたちと会話してくれなかった。

でもこうして話すようになったってことは、アタシの作戦は成功したってことだよね。

「お祖父様、ワタクシのことが分かりまして？」

「当たり前じゃろう、可愛《かわい》い我が孫娘よ。お前は本当に婆さんの若い頃にそっくりじゃ」

「んふふふっ……くすぐったいですわ」

おずおずと話しかけた姫妃ちゃんの頭を、ゴツい右手で撫《な》で回す怜将お兄さん。

端《はた》から見ていると、ハンサムなお兄さんと綺麗《きれい》な女の子が仲睦《むつ》まじい雰囲気だから……少女向けラブロマンス作品のように見えなくもないかも。

というか、怜将お兄さんが本当にすんごい美形なんだよね。

姫妃《ひめき》ちゃんがあんなに美人さんなのも、納得だよこれは……！

「これまですまんかったのぅ、姫妃。しっかりしたいと普段から思っておったんじゃが、どうしても体に活力が漲《みなぎ》ってこなくてな」

「……いえ、仕方ないことですわ。人は誰しも、老いには勝てませんもの」

「ハハハハッ！　そうじゃのう！　しかし、よもやこのワシが老いのせいであんなに腑抜けてしまうとは思わなんだわ！」

両手を腰に当てて、豪快に笑う怜将《れいしよう》お兄さん。

楽しそうなのはいいんだけど、大事なことを忘れてもらったら困るんだよね。

「あの、怜将……お爺さん？　お兄さん？」

「んん？　姫の友人じゃな？　そうかしこまらず、怜将さんとでも呼んでくれ」

「じゃあ、怜将さん。アタシに料理の極意を教えてください」

ムッキムキの上半身裸を直視しないようにしながら、アタシは本題を切り出す。

今の若返った怜将さんなら、すぐに教えてくれると思っていたんけど……

「料理の極意じゃと？」

さっきまでの穏やかな笑顔から一変して、怜将さんの顔がどんどん怖くなっていく。

「なぜそんなことを知りたいんじゃ？」

「あうっ、え？　マ、ママよりも美味しい料理を……作らないと、いけないから……」

「ほう？　母親を超えたいとな」

ギラリッと、怜将さんの目が光る。

それと同時に、アタシは心臓を鷲掴《わしづか》みにされているような圧迫感を感じてしまう。

息も、上手く吸えなくなってきた……

「はぁっ、はぁっ、はぁっ……！」

「お祖父《じい》様っ！　おやめくださいましっ！　華恋《かれん》さんが怖がっていますわ！」

耐えきれなくなって倒れそうになったアタシを、姫妃ちゃんが抱き支えてくれる、

危《あや》うく、倒れちゃうところだった……

「むぅ、すまんのぅ。料理のこととなると、つい殺気立ってしまうわい」

「もうっ！　お母様からお聞きしてはいましたけれど、本当に頑固なんですのね」

孫娘から責められた怜将さんは、押し潰《つぶ》すようなプレッシャーを引っ込めてくれた。

「華恋とやら、そんなにも料理の極意を知りたいか？」

「は、はい。アタシ、どうしてもママに勝ちたくて」

「……よし、分かった。お主《ぬし》に、カレー仙人と呼ばれたわしの極意を授けてやろう」

やった！　これでママを倒す方法が分かるかもしれない！

「よかったですわね、華恋さん」

「うんっ！　ありがとう姫妃ちゃん！」

アタシと姫妃《ひめき》ちゃんはお互いの両手を取り合って、喜びはしゃぐ。

でも、怜将《れいしょう》さんはそんなアタシたちに……続けて、こんなことを言ってきた。

「じゃが、一つだけ条件を出させてもらおうか」

「……へ？　条件？」

「ああ。極意を教えるのはいいが、その前に……やりたいことがある」

「やりたいこと、ですか？」

「なぁに、大したことではない。せっかくこうして若返ったのじゃから、ワシの気が済むまで遊ばせてもらいたいだけじゃ」

バチンッと鍛え抜かれた胸筋を叩《たた》いて、ニカッと白い歯を見せる怜将さん。

なんだ、条件ってそんなことだったんだ。

「お祖父《じい》様、華恋《かれん》さんはお急ぎのようですし……」

「ううん、大丈夫だよ姫妃ちゃん。無理を言っているのはアタシの方だし」

せっかく、お爺ちゃんの体から若返ることができたんだもん。

ちょっとくらい遊びたくなるのは当たり前だと思う。

「ですが、あまり長く遊んでいると帰りが遅くなってしまいますわ」

「時間も問題ないよ。ゲーム内の時間は現実世界より早く流れるから、こっちの世界で一週間くらい過ごしても……向こうの世界じゃ一日も経ってないくらいだから」

「ハッハッハッ、それはありがたいのぅ。ワシの時代には、こんな『げぇむ』なんてもんは存在せんかったが……いやはやどうして、悪くないものじゃな！」

「はぁ、仕方ありませんわね」

「どうせなら、姫妃ちゃんも好きに遊ぶといいよ！　異世界って、本当に楽しいんだから！」

「そ、そうですの？　そこまでおっしゃるなら……」

なんだかんだ言って姫妃ちゃんも遊びたかったみたいで、目をキラキラさせている。

「そうと決まれば善は急げじゃ！　姫、華恋！　早速、冒険に出発じゃーっ！」

「あっ、お祖父様！　その前に、華恋さんにお召し物を作ってもらってくださいまし！　そんな格好じゃ風邪を引いてしまいますわー！」

ノシノシと進んでいく怜将さんと、ドレスの両裾《すそ》を摘まみながら駆けていく姫妃ちゃん。

そんな二人の背中を見ながら、アタシは思わず……大きな溜め息を吐き出す。

「はぁぁぁ……」

家を出て、ノーカレー・ノーライフまで行って、カレー仙人の家に向かって。

アタシにしては上出来なくらい、いっぱい頑張ったよね。

だから、少しくらい休憩してもバチは当たらないと思うんだ。

「……お兄ちゃん、ごめんね」

早く助けてあげたいけど、これも必要なことだから。

決して、アタシがただ遊びたくなったわけじゃないからね？

怜将《れいしょう》さんと姫妃《ひめき》ちゃんのために、やっているだけだから。

助けに行くのが遅れても、怒らないでほしいな。

□

潮の香りが強く漂う港町。

いつもはカモメの鳴き声が心地よく聞こえる、穏やかな街らしいんだけど……

「うわぁぁぁぁぁっ！」

「助けてくれぇぇぇぇぇっ！」

今、聞こえてくるのは逃げ惑う人々の慌ただしい足音と絶叫。

そして、そんな人たちを恐怖の底へと叩《たた》き落とす魔物の咆哮《ほうこう》。

「グォォォォォォッ！」

沢山の漁船が並ぶ港から、巨大な頭部を出しているのは……タコとイカが合体したような姿の魔物――クラーケンだった。

クラーケンは自身の触手を器用に使いながら、街に上陸しようとしている。

「あっ、あぁ……」

「グルォォォォ……」

恐怖で腰を抜かしてしまったのか、幼い子供を抱きしめたままへたり込む女の人。

その目の前に、クラーケンがジリジリと迫っていく。

「だ、誰か……！　誰かぁっ！　この子だけでも助けてぇぇぇぇぇっ！」

粘っこいヌルヌルとした液体が付着した触手が、母子を捕えようと迫る。

でも、その先端が彼女たちに触れる寸前で……救いの声が街に轟《とどろ》いた。

「その願いっ！　ワタクシたちが聞き届けましたわっ！」

「……えっ？」

上空から飛来してきた三つの人影。

「やぁぁぁぁぁぁぁぁっ！」

そのうちの一つは、母子に迫る触手を鋭い一閃《いっせん》にて斬り落とし。

「だっしゃぁぁぁぁぁぁいっ！」

二つ目の影は、港に上がりつつあったクラーケンの頭を豪快に蹴《け》り飛ばす。

「な、何が起きて……？」

「もう大丈夫ですわ。さぁ、お立ちになって」

最後に三つ目の影は、呆然《ぼうぜん》とする女性に手を差し伸べる。

太陽の日差しを一身に浴びて、キラキラと輝くその姿は……誰もが見惚《みと》れてしまうほどの美しさを秘めていた。

「二人とも！　これ以上、邪悪な魔物の好きにさせてはいけませんわ！」

「お任せください、お嬢様っ！」

一つ目の影……アタシは、握りしめる剣に魔法の力を込める。

刃部分に赤い炎が灯ったのを確認してから、それを勢いよく振り上げる。

「行きます！　アタシに合わせてください！」

「おうっ！　やってやるわいっ！」

アタシの掛け声を受けた怜将《れいしょう》さんは、両手の拳を突き合わせ……バチバチと雷の力を全身から放出し始めた。

「グォォォォォムッ！」

さっき怜将さんに蹴《け》り飛ばされて海に沈んだクラーケンが、再びその顔を出す。

そこを狙《ねら》い、アタシと怜将さんは同時攻撃を仕掛ける。

「えいやぁぁぁぁぁぁ！」

炎の斬撃を飛ばして、クラーケンの触手を一本残らず斬り飛ばしていく。

そうして、身を守る手段を完全に失ったクラーケン本体に……怜将さんがトドメの一撃をお見舞いする。

「塵《ちり》となるがよいっ！」

青く晴れた空の下、轟《とどろ》く雷鳴。

世界が白く染まったと錯覚するほどの眩《まばゆ》い光が、港町を包み込んで……

「……お二人とも、ご苦労様でしたわ」

光が薄れていき、そこに残されているのは黒焦げになったクラーケン。

討伐完了を確認したアタシが、剣を鞘に戻したタイミングくらいで……成り行きを見守っていた街の人たちが、大きな歓声を上げ始めた。

「うおおおおおっ！　クラーケンが倒されたぞっ！」

「あの三人が街を救ってくれたんだぁぁぁぁぁっ！」

称賛の声と拍手喝采《かっさい》が、街の至る場所から上がる。

まるで本物のヒーローになったようで、悪くない気分だ。

「クラーケンを簡単に倒すなんて、あの子たちは一体何者なんだ？」

「ドレスを身に纏《まと》う美しい貴族令嬢、幼い風貌《ふうぼう》の少女騎士、無骨で屈強な格闘家……こんなパーティー、聞いたこともないぞ」

一部の人たちは、アタシたちの正体が分からずに戸惑っている様子だ。

そこで姫妃《ひめき》ちゃんが慣れた様子で両手を広げて、大見得を切る。

「オーッホッホッホッ！　ワタクシたちは『救世の使者』！　この世に蔓延《はびこ》る悪を退治するために、旅をして回っていますの！」

「おおっ……！　そのお姿からして、さぞかし高貴なる身分のご令嬢と存じます。それなのに、自ら旅して人々をお救いになられるとは……！」

周囲に集まった街の人たちの間から出てきたのは、いかにも私が町長ですって感じのお爺さんだった。

町長さんは瞳を涙で滲《にじ》ませながら、アタシたちに向かって何度も頭を下げてくる。

「どうか、本日はこの街で休んでいかれてください。心ばかりではありますが、感謝と歓迎を兼ねたもてなしをさせていただきます！」

「いいえ、そんなものは不要ですわ。ワタクシたちは、当然のことをしたまでで……」

「まぁ、待つのだ姫よ。せっかくの厚意を、無駄にするものではないぞ」

町長の申し出を断ろうとした姫妃《ひめき》ちゃんだったけど、怜将《れいしょう》さんがそこに割って入る。

「街の人たちも、恩人に何もできなかったとなれば悔いが残るじゃろうて。素直に礼を受け取るのも、また礼儀というものじゃ」

「そ、そういうものですの？　ですが、この街でもう五回目ですし……」

若返った肉体を存分に使って暴れ回りたいという怜将さんと、どうせなら人助けをしたいという姫妃ちゃんの目的が合わさり……アタシたちは色んな街の危機を救ってきた。

でもその度に、街の人たちからいっぱいの謝礼金を受け取ったり……沢山のご馳走を振る舞われたりしているんだよね。

おかげでお腹《なか》はもうパンパンっていうか、これ以上は入らないっていうか……

「なぁに、軽く付き合うだけでも十分じゃ。それよりほれ、ヒソヒソと話していては街の人たちに怪しまれてしまうぞい」

「分かりましたわ。華恋《かれん》さんも、それでよろしくて？」

「うん。もうそろそろ日が暮れちゃいそうだし……ちょっと疲れちゃった」

いくら強化された体でも、半日で何回も魔物と戦うのはしんどいもんね。

「ですが、お祖父《じい》様。華恋さんとの約束もあるのですから、この街で最後に……あれ？　お祖父様はどこへ行きましたの？」

「え？　さっきまでここにいたけど……」

アタシと姫妃ちゃんが話している間に、忽然《こつぜん》と姿を消した怜将さん。

二人でキョロキョロと捜していると、遠くの方から黄色い声が上がる。

「キャーッ！　武闘家様、なんて逞《たくま》しい筋肉なのかしら！」

「私、強い男の人が大好きなんですぅ♡」

「わっはっはっはっ！　若い娘さんにそう言われて、悪い気はせんのぅ！」

「えー？　まるでお爺さんみたいな言い方なんですねぇ」

「おう！　ワシは今年で七十五歳じゃからな！」

「やだぁ！　そんなわけないのにぃっ！」

キャッキャ、ウフフ。ベタベタ、スリスリ。

やたらと肌の露出の高い女たちに囲まれ、しがみつかれている怜将《れいしよう》さん。

たしかに、今の見た目は若くてハンサムだし、その鍛え抜かれた体と、さっき見せた圧倒的な強さのおかげでモテモテになるのは分かるけど……

「もうっ！　お祖父様《じい》ったら、何をしていますの!?」

いくら妻に先立たれているとはいえ、自分のお祖父ちゃんが若い女にデレデレしているのを見るのは嫌な気分に違いない。

姫妃《ひめき》ちゃんはプリプリと怒りながら、怜将さんを止めに向かっていった。

でも、その行く手を遮《さえぎ》るように……今度は若い男たちが姫妃ちゃんを取り囲む。

「麗《うるわ》しいご令嬢様！　ぜひ、貴方様《あなた》のお名前をお教えいただけませんか？」

「貴方様のその美しさに、心を奪われてしまいました……」

「身分違いは重々承知しております。それでも、貴方に想いを伝えずにはいられません！」

「ふぇっ……？　そ、そんなことを急におっしゃられても……！　ワタクシには、心に決めた最愛の殿方がいますので……！」

あたふた、あたふた。

男たちからの求愛に困っている姫妃ちゃんだけど、その顔はだらしなく緩んでいる。

なんだかんだ、悪い気はしないってことなんだろうね。

いや、まぁ……アタシも前に似たようなことをしていたし、気持ちは分かるけど。

「……ここにいると、アタシも巻き込まれちゃいそうだなぁ」

すでにこっちをチラチラと窺《うかが》いながら、にじり寄ってくる男たちの姿が見える。

ちょっと鼻息荒くて、怖い感じの人とかもいるし……とっとと退散しようっと。

「町長さん、アタシはもう疲れたので……休める場所に案内してください」

「おお、左様ですか。では、この街で一番のホテルをご用意しましょう」

その後、町長さんから命じられた街の人がアタシをホテルまで案内してくれた。

そして手短に宿泊手続きを済ませると、最上階にあるスイートルームに通される。

「ぶへぇぁ……疲れたぁ……」

窓の外に見える海の景色なんて気にも留めずに、アタシは鎧《よろい》を全部脱ぎ捨てる。

それから、下着姿のままふかふかの巨大ベッドにダイブ。

ボフンッと大きな音を立てて、アタシの体は柔《やわ》らかいベッドの中に沈んでいく。

「んぁ～～～～っ」

あまりの気持ちよさに思わず、くたびれたおっさんみたいなキショい声が漏れ出る。

だけど仕方ないじゃん。

小学五年生の可愛《かわい》い女の子だって、すっごく疲れたらこうなるよ。

「……明日になったら、怜将さんから料理の極意を聞いて……それで……」

バブバブ団に乗り込んで、ママと料理対決。

そしてママを倒して、お兄ちゃんを取り戻して……みんなで家に帰るんだ。

「もう、少し……」

白い枕に顔を押し当てている内に、強烈な睡魔に襲われる。

ああ、サイアク……まだお風呂にも入ってないし、髪も洗ってないのに。

こんな状態で寝ちゃうなんて、嫌なのに……

「すぅ……すぅ……」

結局、睡魔に屈したアタシはそのまま寝落ち。

その間、ホテルの外では姫妃《ひめき》ちゃんや怜将《れいしょう》さんに感謝を伝える大きな宴会が開かれ続けていたみたいだけど……アタシは少しも目を覚ますことはなかった。

□

「うっ、うぅん……？」

窓から差し込んできた陽の光が目に当たり、その眩《まぶ》しさで目を覚ます。

頭がぼんやりするし、まだ寝ていたいけど……起きなきゃ。

「……え？」

ベッドから上半身を起こしてみると、妙なものが視界に入る。

部屋の入り口すぐのところに、山盛りのプレゼントの箱が積み上げられていた。

しかもそれは時々、モゾモゾと微《かす》かに動いている。

「何これ……？」

警戒しながら近付いてみると、山積みの箱の隙間から一本の腕が飛び出していた。

この白くて細い、綺麗《きれい》な手は……姫妃ちゃん？

「うんしょっと……！」

「うぇぁ～……助かりましたわぁ～」

手を掴《つか》んで引っ張ってみると、中からグッタリとした姫妃ちゃんが出てくる。

目の下には大きなクマもできていて、どことなく顔もやつれきっている様子だ。

「華恋《かれん》さん……おはようございますわ」

「おはよう、姫妃ちゃん。これ、どうしたの？」

「昨晩の宴会で、ワタクシに求婚する方々が持ってきてくださいましたの。申し出はお断りしたのですけれど、プレゼントを突き返すわけにもいかず……」

「ぜ、全部持ってきたんだね。それで、部屋に到着して力尽きちゃったんだ」

「ええ、すっかりくたびれてしまいましたわ。おかげで入浴もできずにダウンですもの」

「あっ、じゃあ今から一緒に入ろうよ。アタシもお風呂、まだなんだ」

アタシは姫妃《ひめき》ちゃんを誘うと、スイートルームの中にあるジャグジールームへ向かう。

そこには家のお風呂の数倍は大きい浴槽がある。

これなら二人でも、ゆったりとお風呂に入ることができそうだ。

「まぁ、素敵ですわね。では、入浴の準備をしましょう」

「えへへっ、背中の流し合いっこをしようよ！」

まずは浴槽にお湯を溜めながら、その間に頭と体を洗うことにしたアタシたち。

だけど、お互いに服を脱いで裸になったところで……アタシはショックを受ける。

「なっ……？　姫妃ちゃん……？」

こうして姫妃ちゃんと一緒にお風呂に入るのは初めて。

だから、姫妃ちゃんの裸を見るのも今回が初めてなんだけど……

「あ、あまりジロジロと見ないでくださいまし。恥ずかしいですわ……」

顔を赤らめながら、右手で大きな胸を、左手で股間辺りを隠す姫妃ちゃん。

擬音をつけるなら、ムチッムチッて感じの肉付き……って感じ。

分かってはいたんだ。

姫妃ちゃんはアタシなんかよりも、ずぅっと大人っぽいって。

ていうか、もはや中学生レベルの発育をしているんだって。

「……うっ」

対するアタシの胸は、小学生平均レベルの微《かす》かな膨らみ。

お尻だって小さいし、太ももだって細い……お子ちゃま体型。

変態ドスケベエロエロお兄ちゃんが大好きな大人なお姉さん体型には、程遠い。

「すごいね、姫妃ちゃん。すっかり、大人だぁ……」

「少し周りより成長が早いだけですわ。華恋《かれん》さんだって、数年もすればこうなりますのよ」

「……うん、そうだね」

悪気はないのは分かってるけど、圧倒的強者に謙遜《けんそん》されても胸が痛いだけ。

「変な話をしてごめんね。早くお風呂に入ってあったまろ」

「ええ、それがいいですわ」

アタシは敗北感を噛《か》み締めながらも、姫妃ちゃんと一緒にお風呂の時間を楽しむのだった。

□

ゆったりと朝の入浴を済ませたアタシたちは、続いて朝食の時間を過ごしていた。

「ん～～っ！　このベーコンエッグ、堪《たま》りませんわぁ～～～！」

「パンもふわっふわだし、バターもいい香りだね。オレンジジュースも美味しいっ！」

「流石《さすが》は港町ですわね。お魚のムニエルも、最高でしてよ！」

むしゃむしゃぱくぱく。

部屋に運ばれてきた超高級な朝食たちは、どれも大満足のクオリティだった。

「ふぅ……お腹《なか》いっぱい！　ご馳走様でしたっ！」

「ご馳走様ですわ。ふふっ、食事まで体験できるなんて、本当に素晴らしいゲームですわね」

すっかりこの世界をゲームだと信じ込んでいる姫妃《ひめき》ちゃん。

騙《だま》しておいてなんだけど、この純粋さはお友達として心配になるかも。

「姫妃ちゃん、もう満足してくれた？」

「勿論《もちろん》ですわ。貴族令嬢のドレスも着られて、ファンタジーな世界を旅して回って、魔物を倒して英雄扱いされて……美味しいご飯だって食べられたんですもの！」

笑顔満開で嬉しそうにしている姫妃ちゃんを見て、アタシも思わず笑みが漏れる。

喜んで貰《もら》えて本当によかった。

これからもたまに、姫妃ちゃんと一緒に異世界で遊ぼうっと。

「じゃあそろそろ怜将《れいしょう》さんと合流して、料理の極意を教えてもらおう！」

「そうですわね。もうそろそろ現実世界も良い時間でしょうし、早く帰りませんと」

「ところで、怜将さんってどこにいるのかな？」

「言われてみれば、分かりませんわね。昨晩、若い女性に囲まれていましたけれど……」

「そっか。じゃあまずはホテルを出て、街の人たちに聞いてみようよ」

大量の荷物は持っていけないので、そのまま部屋に置いたままにして……アタシたちはホルルのフロントへと向かった。

「これはこれは、救世主のお二方！　昨日は本当にありがとうございました。そして、少しでも当ホテルでお寛《くつろ》ぎいただけたのなら、何よりでございます」

フロントに到着すると、支配人っぽいおじさんがニコニコしながら話しかけてくる。

それに続いて、他の従業員の人たちも綺麗《きれい》に整列して……深く頭を下げてきた。

「今回のお代は当然、いただきません。いえ、むしろ今後も……皆様には当ホテルを無料でご利用いただきたいと願っております」

「ど、どうも……ありがとう、ございます」

「感謝致しますわ。ところで、ワタクシの仲間についてお聞きしたいのですけれど？」

「ああ、武闘家のレイショー様のことですね。実は、言伝《ことづて》を預かっております」

支配人さんはそう言いながら、懐《ふところ》から一枚の封筒を取り出した。

そしてその封を切ると、中の手紙を姫妃ちゃんの前へと差し出してきた。

「お祖父《じい》様からの手紙……？」

受け取った手紙を開いて、目を通し始める姫妃ちゃん。

アタシの方からは中身が見えなかったんだけど、手紙を読み進める姫妃ちゃんの顔がどんどん青ざめていき……最終的には真っ赤に染まっていった。

「なっ、なななっ！　何を考えていますのーっ！」

握っていた手紙を真っ二つに引き裂きながら、姫妃《ひめき》ちゃんは激しい怒声を響かせる。

アタシは思わずビクッとしながらも、手紙の内容について姫妃ちゃんに訊《たず》ねる。

「どうしたの？　なんて書いてあったの？」

「どうしたもこうしたもありませんわ！　お祖父様《じい》ったら、現実世界での生活を全て捨て去って……永遠にこの世界で暮らし続けようとしていますの！」

「え？　えええっ!?」

「だからワタクシたちが寝ている間に、どこかへと逃げたようですわ。我がお祖父様ながら、なんということを……！」

姫妃ちゃん取り乱しようからして、嘘《うそ》や冗談を言っている感じじゃない。

だとすれば、怜将《れいしょう》さんは本気でこの世界に留まろうとしているってこと？

「このままお祖父様を見つけることができなければ、どうなってしまいますの……？」

「し、心配しないで姫妃ちゃん！　怜将さんはきっと、アタシが見つけ出すから！」

まだ少し頭はパニック状態だけど、やることはすでに決まってる。

とにかくまずは怜将さんに会って、話を聞かないと始まらない。

「ポータル！　新しい能力をちょうだい！」

アタシは早速、ポータルに呼びかけると……

怜将さんを見つけ出すために必要なチート能力をゲットするのだった。

□

仄暗《ほのぐら》い闇に包まれたダンジョンの奥地。

眩《まばゆ》い輝きを放つ金銀財宝の前に君臨するは、このダンジョンのボスである魔物。

「ガオオオオオオオオッ！」

竜の翼、ヘビの尻尾《しっぽ》、ライオンとヤギの双頭を持つキマイラは、自身の守る財宝を奪おうとする侵略者たちに怒りの咆哮《ほうこう》を浴びせる。

「ハハハハハッ！　威勢のいい猫じゃのう！　じゃが、気迫だけでワシには勝てんぞ！」

「グルォアッ！」

ヤギの頭が角から雷《かみなり》を放ち、ライオンの頭が口から火炎球を放出。さらに鋭く長い爪を振るいながら襲いくるが、侵入者の一人……蛇ヶ崎《じゃがさき》怜将はそれらの攻撃を全て紙一重で回避。

すれ違いざまに、固く握りしめた拳を振り抜き……キマイラに一撃を食らわせる。

「ぐぎゃっ……ぐがぁぁぁぁぁぁっ！」

胴体を貫かれたキマイラは断末魔の言葉を上げて、その場に倒れ込む。

少しの間はピクピクと痙攣《けいれん》していたが、やがて動かなくなり……絶命した。

「どうじゃ？　ワシの強さが分かったか？」

勝利した怜将《れいしょう》は満足げに力こぶを作りながら、後ろを振り返る。

そこには体を寄せ合いながら、ガタガタと震《ふる》えている女冒険者のパーティーがいた。

「「「あっ、あっ……」」」

「なんじゃ？　危ないところを助けてやったというのに、礼の一つも言えんのか？」

キマイラに襲われ、絶体絶命だった彼女たちの窮地に駆け付けた怜将。

その後、一瞬でキマイラを倒した彼に……女性たちは未だ理解が追いつかずに、ただ呆然《ぼうぜん》と座り込んだままであった。

「ありがとう、ございます……」

「どなたかは存じませんが、感謝致します」

「うむうむ。なぁに、よいのじゃ。魔物を倒した功績も、このダンジョンの宝も好きに持って帰るがいい。ワシはそんなものには興味がないからのぅ」

ようやく念願の礼を貰《もら》えた怜将は、ご機嫌な様子で女性たちを助け起こす。

「くれぐれも帰りは気をつけるんじゃぞ」

たっぷりとダンジョンの財宝を持たせてやった女冒険者たちが、ペコペコと頭を下げながら脱出していく姿を見送る怜将。

「ふぅー。また誰かの役に立ってしまったわい」

一仕事終えて満足した怜将は、両手を腰に当ててドヤ顔をする。

しかし、その直後。

怜将の背後にブゥンッと白い光が出現し、中から二人の人影が勢いよく飛び出してきた。

「てぇやああああああああっ！」

「ぬっ⁉」

飛び出した人影の一人が、空中で体を回転させながら大きな剣を振り下ろす。

怜将はその刃を咄嗟《とっさ》に突き出した拳で受け止め、ガギィンッと弾き返した。

「ちぃっ！　仕留め損ねた！」

地面に着地した人影……華恋《かれん》はバックステップで後退する。

「華恋さんの剣を拳で弾くなんて……油断できそうにありませんわ」

そんな彼女に駆け寄ったのは、もう一つの人影……姫妃《ひめき》であった。

「姫に、華恋か。お主《ぬし》ら、よくワシの居場所が分かったのう？　この場所はあの港町から、かなり離れているはずじゃが……」

「新しく『会いたい人の元にワープできる』チート能力をゲットしたの。これさえあれば、どこへ逃げようとも見つけられるもん」

「ほう、なるほど。この世界はつくづく、何でも叶《かな》うんじゃな」

顎《あご》に手を当てながら、くつくつと笑う怜将。

対して、彼の孫娘である姫妃《ひめき》は怒りの表情で訴えかける。

「お祖父様《じい》！　どうしてこんな勝手な真似をしていますの！　これ以上は華恋《かれん》さんや、華恋さんのご家族にも迷惑をかけてしまいますのよ！」

「姫よ。未来あるお主《ぬし》には、ワシの気持ちは分かるまい」

「未来……？　どういう意味ですの？」

「……問答など不要じゃ。ワシはまだまだ満足しておらぬ、それが答えじゃ」

姫妃の問いをはぐらかし、冷たい表情を見せる怜将《れいしょう》。

その態度に、華恋は我慢しきれずに不満を爆発させた。

「ふざけないでよっ！　もう十分にこの世界で遊んだし、たっぷりいい思いもしたじゃん！」

「ああ、そうじゃな。若い体を取り戻し、その力を十二分に振るうこともできた。人々も救い、若い娘たちにチヤホヤされ、美味しい馳走も存分に堪能したのう」

「だったら！」

「……だからこそ、じゃ。この快楽を知ってしまった以上、もう元には戻れぬ」

怜将は鋭い瞳で華恋を見つめながら、吐き捨てるように返す。

「それともお主はワシに再び、あの地獄のような日々に戻れというのか？　妻を失い、店を失い……生きる気力の全てを失っていたワシに」

「……っ！　そ、そんなつもりは……！」

「お祖父様っ！　なんてことを……！」

「姫よ、ワシはもう疲れたのじゃ。元の世界に何の希望も無いのなら、ワシはこの世界で命を終えたいと考えておる」

「じゃあ、強制的にゲームからログアウトさせるよ！　そうしたら、今すぐにでも元の世界に戻ることになっちゃうんだからね！」

当然、そんなことは不可能だ。

だけどこの世界が本物の異世界ではなく、ゲームだと信じ込んでいる怜将には効果があると華恋は見込んでいたが……

「ほう？　それができるなら、そうすればよいじゃろう」

「……え？」

思わぬ返答に華恋は素っ頓狂《とんきょう》な声を上げて硬直する。

「華恋よ、姫はともかく……大人のワシを騙《だま》せると思っておるのか？」

「あっ……」

ここで華恋は自分の思い違いを悟る。

これがゲームの世界ではないと、怜将はとっくに気づいていたことに。

「お祖父様？　何を言っていますの……？」

「な、なんでもないよ！　ただの苦し紛れでしょ！」

どうにか姫妃《ひめき》だけでも騙《だま》し通さねばと、必死に取り繕《つくろ》う華恋《かれん》。

「アタシが料理の極意を聞き出すまでは大丈夫だって、強気になっているだけだよ」

「そ、そういうことですの？　たしかに、そうかもしれませんわね」

それらしい理由で誤魔化した華恋は、額《ひたい》の汗を拭《ぬぐ》い……剣を構える。

「とにかく！　アタシの言うことを聞いてくれないなら、こうするしかないよ！」

「ワシを倒して、言うことを聞かせるつもりか？」

「うん！　言っておくけど、このゲームはアタシの方が上級者だかんね！　時代遅れのムキムキマッスルバカになんて、負けないいんだから！」

言葉で怜将《れいしよう》を説得することが難しいと考えた華恋は、実力行使に打って出ることにした。

「チート能力の使い方ってもんを、教えてあげる！」

伊達にこれまで何十回も、来人《らいと》との攻防戦を繰り広げてきたわけではない。

そんな自負を胸に、華恋は複数のチート能力を発動させる。

「身体強化！　剣聖化！　魔法剣適正Ｓ！　超加速魔法！」

同時に発動したチート能力で、華恋の髪が逆立ち……体は黄金に輝く。

「だぁぁぁぁぁぁぁぁぁっ！」

大きな掛け声と共に、怜将へと斬りかかる華恋。

もはやこの異世界の次元を遥《はる》かに超える強者の一撃は、ダンジョン全体を揺るがすほどの強大な威力で怜将の喉元まで迫る。

「……所詮は子供じゃな」

だが、突き付けられた剣は怜将の眼前スレスレのところで……ピタリと動きを止めた。

「うぇっ？」

よく見ると、いつの間にか華恋の右腕を怜将が掴《つか》んでいた。

そして、そのまま怜将は腕を強く引っ張り……その場でグルグルと高速回転。

「ああああああああああああっ！」

「ほぉらっ！　飛んでいけぇいっ！」

ブンブンと振り回された華恋は怜将に放り投げられ、受け身も取れずに何回もダンジョンの地面に叩《たた》き付けられていく。

激しい痛みを感じながらも、何もできずに転がり続ける華恋。

ようやくその動きを止めたのは、ダンジョン端の壁に激突してからだった。

「か、華恋さんっ！」

慌てて駆け寄った姫妃が、崩れ落ちた姫妃を助け起こす。

しかし華恋は、ガタガタと震《ふる》えながら……姫妃にしがみつくことしかできない。

「……お祖父《じい》様っ！　こんな小さい子に、あんまりですわっ！」

「姫よ、華恋はワシを本気で倒す気で襲ってきた。そこに大人も子供も関係はあるまい」

とても孫に向けるとは思えない、無感情な瞳。

怜将《れいしょう》は拳を鳴らしながら、ゆっくりと二人の少女の元へと迫っていく。

「まだ続けるか？　それとも大人しく、お主《ぬし》たちだけで元の世界へ帰るか？」

「うっ、ううぅっ……」

じんわりと涙を浮かべながら、華恋《かれん》は唇を噛《か》みしめる。

なぜ、こんなにあっさりと負けてしまったのか……その理由に心当たりがあるからだ。

「うぅぅぅぅぅぅぅっ！」

異世界で得た能力の強さは、使用者の想いの強さに比例する。

つまり、自分の力が怜将に及ばなかったのは想いの強さで負けてしまっているから。

この世界に留まりたいという怜将の想いは、自分が家族を取り戻したいと願う想いよりも遥《はる》かに上であることに他ならない。

「うぇぇぇぇぇぇぇんっ！」

痛みと敗北感と屈辱、そして自分への情けなさ。

色んな感情がごちゃ混ぜになりながら、華恋は大口を開けて泣き出す。

しかしそれでも怜将はまるで動じることもなく、華恋たちの前に立つ。

「泣かずに答えろ。さもなくば……」

拳を握りしめながら、脅すように告げる怜将。

もはや彼は勝負が着いたと確信しているようで、その顔には余裕の色が滲《にじ》んでいた。

「ひっく、ひっく、うぇぐっ、ぐすっ……やだぁ」

「なん、じゃと？」

だが、そんな彼の甘い考えは即座に否定される。

涙で顔をぐしゃぐしゃにしながらも、健気《けなげ》に立ち上がった華恋の姿によって。

「ずびぃっ、あだじ、まげないもん……っ！　ぜっだい、がつもんっ！」

ぷるぷると恐怖に身を震《ふる》わせながら、へっぴり腰のファイティングポーズを取る華恋。

少し小突けば倒れそうな少女の姿を前にしながら、怜将は思わず後ずさる。

「なぜ、じゃ……？　なぜそうまでして、立ち上がる？」

多少加減したとはいえ、小学生の少女には耐え難い痛みを与えたはずだった。

それなのに、まだ自分に挑もうとする華恋の姿に……怜将はわずかな恐怖を覚える。

「お祖父《じい》様……まだ分かりませんの？」

そんな怜将に追い打ちをかけるように、姫妃《ひめき》は華恋の傍《そば》に寄り添う。

「ワタクシも、今のお祖父様はちっとも怖くありませんわ。さぁ、そんなに殴りたいのであれば……ワタクシも同じように殴りなさいな」

「……っ！」

この世界で戦う力を一切獲得していない姫妃にさえ、面と向かって啖呵《たんか》を切られる怜将。

彼が本気で拳を震《ふる》えば、か弱い少女二人などいとも簡単に吹き飛んでしまうだろう。

命を奪うことだって容易《たやす》いだろう。

だというのに、今の怜将《れいしょう》は二人の気迫に気圧《けお》されるばかりであった。

「ふざけるなっ！　そこまで言うのなら、望み通りにしてやろう！」

怒りのままに拳を振り上げ、孫娘を殴りつけようとする怜将。

だが、その拳は振り下ろされることはなく……高く掲げられたまま震えるばかり、

「いい加減になさい、蛇ケ崎《じゃがさき》怜将！　それでも、このワタクシのお祖父《じい》様なんですの！」

強くまっすぐな姫妃《ひめき》の視線が、躊躇《ためら》う怜将の心を射抜く。

同時に、怜将の視界に映る姫妃の姿が……懐かしい想い人の姿と重なる。

「ばあ、さん……」

祖母の面影を強く残す姫妃の顔が、亡き妻と重なったことで戦意を失ったのだろう。

怜将は力なくその場に崩れ落ち、呆然《ぼうぜん》と姫妃の顔を見上げていた。

「…………」

「……ずびびぃっ！　怜将さん、アタシもね……少しは気持ち、分かるの」

そうして物言わなくなった怜将に、華恋《かれん》は優しい声で話しかける。

「学校で嫌なことがあって、そこから逃げ出して。現実を捨てて、この理想的な世界でずっと
暮らしていたいって……本気で思ってたんだ」

「華恋さん……」

「でもね、その度にいつも……大好きなお兄ちゃんがね、アタシを迎えに来てくれたの。それで何度も何度も喧嘩《けんか》したけど、最後は仲直りをして」

話しながら、華恋は過去の記憶を振り返る。

異世界での生活を捨てるのが惜しくなって、ワガママを言い続けた日々。

自分がこうして、誰かを説得する立場になったことで……華恋はこれまで来人《らいと》が、どれほど苦労していたのかを知ることができた。

「今はね、元の世界に戻れてよかったって思ってる。だって、姫妃ちゃんっていう最高のお友達もできたし……やっぱり、家族で食べるカレーはすっごく美味しいんだもん」

「家族の、カレー……？」

「うん、ママのカレー！　宇宙で一番、美味しいのっ！」

屈託なく笑いながら、心の底からの言葉を伝える華恋。

それを聞いた怜将は唐突に吹き出すと、大声で笑い始めた。

「ぷっ、くくくっ！　ハハハハハハハッ！」

「お、お祖父様？　どうしましたの？」

「ハハハハッ、いやぁ……なぁに。昔、ワシが育てた一番弟子が……よく、そんなことを言っておったのを思い出してのぅ」

涙の浮かぶ目を擦《こす》りながら、怜将《れいしょう》は明るい声で言葉を続ける。

「毎日のように『師匠のカレーは美味しいですけど、やっぱりママのカレーが一番美味しいんです。だから、アタシもそんなカレーが作れるようになりたい』とな」

そう言いながら、怜将は目の前にいる華恋《かれん》を見る。

改めて、その可愛《かわい》らしい顔を直視して……怜将はようやく、その正体に気がついた。

「……そうか、華恋。お主《ぬし》は雫《しずく》の娘じゃな」

「うん。世界一美味しいカレーを作ってくれる、自慢のママだよ！」

「くくっ、よく似ておる。その目も、生意気盛りなところもな」

怜将はゆっくりと立ち上がると、華恋に向かって深く頭を下げた。

「華恋よ、すまなかったのう。目先の欲望に我を失い……お主を傷つけてしまった」

「ううん、アタシこそごめんなさい。いつか失う時が来るって分かっているのに、一時的に若返らせるなんて……残酷なことをしちゃったよね」

対する華恋も、自分の非を認めて謝罪する。

どんな理由があるにせよ、自分の目的のために怜将を利用しようと考え……結果的に、ここまで追い詰めてしまったのだ。

それを痛感した華恋は、心の底から反省の念を抱いていた。

「いいや、お主は悪くない。むしろ、とても感謝しておる」

肩を落とす華恋の頭を優しく撫《な》でながら、怜将は晴れやかな顔を浮かべる。

「若返って、好き放題に過ごしても……ワシはあの頃のように満たされることはなかった。何もかもが空虚で空っぽで、胸の奥に響くことはなかった。だからこそ意固地になり、元の世界に帰ることを拒んでしまったのかもしれぬ」

「え？　それなのに、華恋さんに感謝していますの？」

「ああ、そうとも。そのおかげで、大切なことに気づくことができたんじゃ」

穏やかな顔の怜将は、キョトンとしている孫娘を自分の元に抱き寄せる。

「きゃっ！」

「ワシが昔、幸せだったのは若い肉体だったからではない。隣に、誰よりも愛する女がいてくれたから。そして、その女との間に大切な家族を築くことができたからじゃと」

「お祖父《じい》様……」

「姫よ、お主たちにも……すまんかったのぅ。ワシは自分のことばかり考えて、そんな大切な家族さえも拒絶し、一人の世界に閉じこもっておった」

大切な妻に先立たれ、衰えた体で店を存続させることもできず、生きがいを失った。

しかし、それは間違いであったと怜将は悟る。

彼の傍《そば》にいつも、愛する家族がいてくれた。

こんな自分に惜しみない愛情を注いでくれていたのだと……

「もう、お馬鹿なお祖父《じい》様。気づくのが、遅すぎましてよ……」

「ああ、すまぬ。お主《ぬし》だけではなく、息子や義娘、お主の弟たちにも謝らねばならん」

互いに涙を浮かべながら、強く抱きしめ合う祖父と孫娘。

すれ違いによって途切れかけていた家族の絆は再び、強く結ばれたのだった。

「……華恋《かれん》よ、お主の勝ちじゃ。ワシは大人しく、元の世界へ帰ろう」

「うん。でも、その前に……」

「分かっておる。ワシが長年かけて辿《たど》り着いた、料理の極意を伝授するとしよう」

姫妃《ひめき》を腕に抱いたまま、怜将《れいしょう》はゆっくりと語り始める。

かつて、カレー仙人と呼ばれるほどの達人……蛇ケ崎《じゃがさき》怜将。

彼が絶対の自信を持って伝えた極意は、華恋や姫妃をとても驚かせることになる。

特に姫妃は、怜将が嘘《うそ》を言っているのではないかと疑うほどであったが……

「ありがとう、怜将さん。アタシ、やってみる！」

しかし、華恋は怜将の言葉を信じ……来たる雫《しずく》との戦いで、その極意を実践すると決意。

拳を握りしめ、母を倒すための作戦を考えるのだった。

□

すっかり日が暮れて、カラスの鳴き声が聞こえる黄昏時《たそがれどき》。

埃《ほこり》を被った牛野《うしの》家の物置部屋から、三人の男女が出てくる。

「はい、もう目隠しを取ってもいいよ」

姫妃と怜将、二人の手を引いて廊下まで出た華恋が合図を出すと……彼女たちは指示通りに目隠しのアイマスクを外す。

「はぁ……とっても、楽しかったですわ！」

異世界ポータルを利用した異世界転移をゲームだと信じ込んでいる姫妃は、すっかり興奮しきった様子であった。

「えへへっ、そう言ってもらえて嬉しいよ。また今度、一緒に遊ぼうね！」

「こちらからお願いしたいくらいでしてよ。華恋さん、ありがとうございますわ」

スカートの両裾《すそ》を掴《つか》みながら、礼儀正しく一礼する姫妃。

するとそれに続いて、姫妃の後ろにいた怜将も口を開く。

「ありがとう、華恋。これからもワシの孫娘と仲良くしてやってくれ」

「「えっ？」」

突然、流暢《りゅうちょう》に話し始めた怜将に驚愕《きょうがく》する華恋と姫妃。

それも当然だ。彼女たちが知る現実世界の怜将は、何もかもに無気力となり、常にぼーっと立っているだけの老人だったのだから。

「なんじゃ、ワシがこうして話しておるとおかしいのか？」

「い、いえ！　そういうわけではございませんけれど！　ワタクシ、てっきり元の世界に戻ったら……お祖父様《じい》も、元通りになってしまうのかと……」

「ハッハッハッ、たしかにのう！　またこうしてジジイの姿に戻ってみると、体はしんどいし、心には辛い気持ちがあふれてくるわい！」

見た目は異世界に行く前となんら変わらない。

だが、豪快に笑う怜将《れいしょう》の姿は以前とはまるで別人のように生き生きとしている。

「しかしそれ以上に、ワシはあの世界で大切なモノを思い出させてもらった。若い肉体なんかよりも、よほど価値のあるモノをな」

しわくちゃの手を伸ばし、孫娘のスベスベの手を取る怜将。

「さぁ、帰るぞい。姫よ、今夜は久しぶりに……カレーでも作ろうかと思っておる。お主《ぬし》も手伝ってくれるか？」

「……勿論《もちろん》ですわっ！　ワタクシ、そのためにちゃんとちくわも買っておきましたの！」

怜将の手を強く握り返し、屈託のない笑みを返す姫妃《ひめき》。

もはやこの二人の間には、一切の壁は存在しない。

深い絆で結ばれ合った祖父と孫娘は、そのまま仲睦《むつ》まじく牛野《うしの》家を後にした。

「……姫妃ちゃん、よかったね」

遠くなっていく二人の背中を見送った華恋《かれん》は、そっと自分の胸に手を置く。

「アタシも負けてられない」

もはやここにいるのは、現実に絶望して異世界へ逃避していた少女ではない。

「今度はアタシが、家族を取り戻すんだ！」

強く確固たる意思を胸に秘め、困難へと立ち向かう……気高い少女であった。

六杯目✦『妹よ、お前こそがナンバーワンだ』

姫妃《ひめき》ちゃんと怜将《れいしょう》爺さんを見送ってから、しばらくして。

もう一度、異世界へ戻ってきたアタシは真っ先にバブバブ団のアジトに乗り込む……のはやめて、入念な準備を続けていた。

ママに勝つために、怜将さんから教わった料理の極意。

それを実践するためには、色々と準備が必要だったんだよね。

「うんしょっと！　結構、量が多くなっちゃったなぁ……」

アタシの体ほどはある大きな白い袋。

この中には、打倒ママのために集めた秘策がたっぷりと詰め込まれている。

「まるでサンタクロースみたい」

そんな独り言を漏らしながら、アタシは巨大な袋を背負う。

普段のアタシなら持てるはずもないけど、異世界で強化された今なら余裕だもんね。

「転移スキル発動！　お兄ちゃんとママがいるところへ！」

前に怜将さんの捜索で利用したスキルを、今度はお兄ちゃんたちを対象にして発動する。

目の前にボワンッと出現した白いワープホールを通って、アタシはママたちの居場所へと向かったんだけど……

「……待っていたわよ、華恋《かれん》ちゃん」

ワープホールを抜けて地面に着地した途端、ママの声が聞こえてくる。

視線を上げるとそこには、両手を胸の前で組むママが立っていた。

「ここは……？」

さらに周囲を見渡してみると、ここは前にお兄ちゃんがママと料理対決をした闘技場だってことが分かる。

用意されている調理台と食材の山、審査員席まで……全部が一緒だ。

「ふふっ、驚いた？　ママね、華恋ちゃんがいつ来るのか待ちきれなくて……チート能力を使って、未来を予知しておいたの」

「なるほどね、だから準備バッチリなんだ。やるじゃん、ママ」

背負っていた荷物をドサッと下ろしてから、アタシはママと向かい合う。

「でも、ママ。どうせなら、もっと先の未来も見ておいてほしかったな」

「あら、どうして？」

「アタシの勝ちを予知しておいてくれれば、わざわざ勝負する必要もないじゃん」

自信たっぷりにそう答えると、ママのこめかみにピクリと青筋が浮かぶ。

「ふぅーん？　華恋ちゃん、ママね……そういう冗談は嫌いよ」

「冗談だと思う？　アタシは本気で、ママを倒しに来たんだから」

「……ふふっ、勇ましいわね。そういうところは来人《らいと》に似たのかしら？」

口の端をヒクヒクさせながらも、笑顔を作るママ。

その不気味な笑顔はちょっと怖いけど……今の言葉で、大切なことを思い出した。

「ところでママ、お兄ちゃんはどこにいるの？」

「来人？　ああ、あの子なら……ちゃんとここにいるわよ」

そう言ってママは、スッと右手を上げる。

すると闘技場の隅にある入場口から、見覚えのある男たちがやってきた。

「ゲッ……」

忘れもしない、キモすぎる変態集団……バブバブ四天王。

そいつらが四人全員で協力しあいながら、大きな何かをこちらへ運んでくる。

なんだろう、あれ？

十字架みたいな形……？　いや、十字架っていうか……ま、まさか？

「お、お兄ちゃんっ!?」

それはとても衝撃的な光景だった。

大きな十字架状の磔台《はりつけだい》に、無惨にも囚《とら》われているお兄ちゃん。

しかもその姿はオムツ一丁、口にはおしゃぶり、首にはヨダレ掛けという徹底ぶり。

「うぁぅ……か、れ……かれぇ……らい、す……」

焦点の定まらない虚《うつ》ろな瞳のまま、お兄ちゃんは掠《かす》れるような声で何かを呟《つぶや》いている。

どうしてそうなったのかは分からないけれど、きっとアタシの想像も及ばないような酷い目に遭ったに違いなかった。

「酷い……っ！　ママ、よくもお兄ちゃんをっ！」

「あらあら、どうして怒るの？　ママはただ、来人を素直にしてあげただけなのよ？」

わざとらしくニコニコと微笑《ほほえ》みながら、ママはお兄ちゃんの頭へと手を乗せる。

加えて、鼻にかかったような甘ったるい声で……お兄ちゃんに話しかけた。

「ほーら、来人～！　ママでちゅよ～？」

「きゃっきゃっ！　ママッ！　ママァーッ！」

おしゃぶりを咥《くわ》えたまま、まるで赤ちゃんみたいに屈託のない笑顔を見せるお兄ちゃん。

ガシャンガシャンと自分の両手を拘束する鎖を揺らしながら、心の底から嬉しそうに……ママからのナデナデを喜んでいる。

「いい子いい子～♡　本当に来人は甘えん坊さんでちゅね～？」

「ママァ！　バブバブッ！　まんまぁーっ！」

お兄ちゃんが情けなくもママに媚《こ》びる姿は、覚悟していた以上のダメージを与えてくる。

ていうか、マジできっしょい……！　バカじゃないのっ！　マザコンお兄ちゃんっ！

「くっ、なんて甘えっぷりだ……バブ！」

「流石《さすが》は本物のママの息子、といったところでちゅね。我々をも上回る甘えん坊力……こんなのも、私の計算にはありまちぇんでちた」

「オデ、ライト……スゴイトオモウバブ」

「うん、羨《うらや》ましいくらいだ。彼が甘えると、ママも嬉しそうな顔をしてくれるからね」

ママとお兄ちゃんのスキンシップを羨ましそうに、指を咥《くわ》えながら見つめているバブバブ四天王たち。

なんか腹が立つから、今すぐコイツらを消滅させてやりたいけど……この後の勝負に、審査員は必要になるから我慢しなきゃ。

「前置きはもういいよ、ママ。そうやってアタシを動揺させるつもりなんでしょ？」

「違うわよ。そんなことしなくたって、ママが華恋《かれん》ちゃんに負けるわけがないもの」

「ふーん？　お兄ちゃんがアタシに残した伝言……忘れたわけじゃないでしょ？」

お兄ちゃんがママに捕まる直前、アタシに言い残した『ノーカレー・ノーライフ』というヒントは……ママにとっても相当な脅威に違いない。

「まさか一人で『ノーカレー・ノーライフ』へ行ってきたの？」

「うん。レイカさんとも話したし、ママのお師匠様とも会ってきたもんね！」

「レイカさんに……怜将《れいしょう》さんまで？」

やはりこの二人の名前は効果抜群だったみたい。

さっきまでの余裕はどこへやら。ママはお兄ちゃんを撫《な》でる手を止めて、アタシを見る。

「……もしもそれが本当なら、これからの勝負は楽しめそうね」

「あはっ♡　ママ、一ついいことを教えてあげる♡　母親っていうのはね、いずれ娘に乗り越えていかれる存在なんだよ？」

ほんの僅《わず》かでもママが動揺している隙を見逃さず……アタシはお兄ちゃん相手に鍛えた挑発スキル（天然モノ）を存分に使用する。

「今日がその日♡　ママ、アタシが敗北を教えてあげる♡」

「ふふっ、ふふふふふふふっ……そうね、華恋ちゃん。いつか貴方《あなた》は私を超えていくでしょうし、そうなってほしいと思っているわ」

挑発の効果は抜群。

真顔のママは憤怒の笑顔を見せたまま、振り上げた足で闘技場の地面を踏み抜く。

「でも、それは今日じゃない。華恋ちゃんにも、来人《らいと》にも……まだまだママが必要なの」

ママを中心に、闘技場の地面全体に深く刻まれるひび割れ。

「来人と同じように、それを理解《わか》らせてあげる」

ううっ……！　本気で怒ったママはマジで怖すぎるよ。

でも、これも……アタシの考えた作戦の一つだもんね。

「……ルールは、お兄ちゃんの時と同じでいいよね？」

「ええ。審査員は華恋《かれん》ちゃんの代わりに来人《らいと》を含めた五人。審査に嘘《うそ》がないように『無垢《むく》なる赤子』を使用することにしましょう」

「うん、オッケー。だけどママ、アタシから追加ルールを出してもいい？」

「追加ルール？　どんなルールなのかしら？」

「料理のお題なんだけどさ、カレーにしてもいい？」

「……は？」

アタシが追加ルールの詳細を話した途端、周囲の温度が一気に下がったような感覚が襲う。

それほどまでに、ママの身に纏《まと》う雰囲気が一変していた。

「この私と、カレーで料理対決？」

さっきの挑発で怒ったママなんて、本当に可愛《かわい》いものだった。

今のママの激怒っぷりは、今までに見てきたどんなものよりも怖い。

前にお兄ちゃんと一緒に観て、怖さのあまりお漏らししちゃったホラー映画の……百倍くらいは怖いかもしれない。

「反対するつもりはないけど、理由を聞いておこうかしら？」

「あぅぇっ、その……こ、交換条件だよ！」

「交換条件？」

「ママの得意料理でアタシが勝ったら、二勝分の扱いにして！　お兄ちゃんも返してもらうし、ママもアタシの言うことに従うの！」

「……そういうこと」

呆《あき》れたような顔で、アタシを見据えるママ。

馬鹿で愚かで、身の程知らずな娘……とでも思っているのかもしれない。

でも、いいもん。どう思われようとも、最後に勝つのはアタシなんだから。

「分かったわ。じゃあ、料理対決のテーマはカレーにしましょう。私が負けたら、全て華恋ちゃんの言う通りにしてあげる」

「ほんと？　ありがとう、ママ！」

「お礼を言うのは、勝ってからにしなさい。どうせ負けたら、無意味なことなんだもの」

そう言ってママは、お兄ちゃんとの戦いでも使用した魔法のお玉……エクスカレードルを右手の中に出現させる。

「さぁ、勝負よ華恋ちゃん。ママに勝とうなんて、十年早いってことを教えてあげる」

「ふんっ！　ママの方こそ、娘の成長を侮《あなど》らないでよねっ！」

母と娘。睨《にら》み合う二人の間で、バチバチと飛び散る火花。

その間では、磔《はりつけ》台《だい》に囚《とら》われたキモキモ赤ん坊お兄ちゃんがオロオロとしている。

「ばぶぅ……」

不安そうな顔をしないでよ、馬鹿お兄ちゃん。

すぐに助け出して、またいつもみたいに……たぁっぷり、アタシだけのお兄ちゃんをさせてあげるんだから。

「よし、やるぞーっ！」

持ってきた白い袋を抱《かか》えて、アタシは自分の調理台へと向かう。

その間にママも反対の調理台へ向かい、バブバブ四天王たちはお兄ちゃんの磔台《はりつけだい》を持って審査員席の方へと移動していく。

「(華恋《かれん》ちゃんが持ってきたあの袋……中身はなんなのかしら？　一応、チェックしておいた方がよさそうね)」

荷物を運び終えたアタシが一息を吐《つ》いていると、ママがこちらをジィッと見つめてきた。

多分だけど、何かのチート能力を使っているんだと思う。

「(鑑定スキルを使って見てみたけど、あの袋の中にあるのは……何の能力も持たない食材ばかりだわ。強いていうなら、あっちの世界から持ち込んだカレールウが特殊な食材かしら)」

すぐに警戒を解いたのか、ママはこっちから視線を外して食材の山へと向き直る。

「(とんだ思い過ごしだったみたいね。華恋ちゃん、貴方《あなた》じゃ私には勝てないわ)」

勝ちを確信した笑みを口元に浮かべて、ママは自分の使う食材を選び始める。

ああ、よかった。

どうやらママは、アタシが持ってきた食材の『秘密』に気づかなかったみたい。

「ふっふっふっ！　これでアタシの勝ちは決まったかも！」

内心でほくそ笑みながらも、まずはカレーに欠かせない白米の準備に取り掛かる。

「えーっと、釜で炊くやり方なんて知らないし……炊飯器を使おうっと。ポータル、今からアタシに『電気のいらない家電製品を生み出せるスキル』をちょーだい！」

限定的すぎるチート能力だから、流石《さすが》に厳しいかなと思ったけど……

「えいっ！　あっ、出てきた！」

万能ポータルはアタシの願いを忠実に叶《かな》えたらしく、コードレスの炊飯器がポンッと目の前に出現してくれた。

これには、わざわざ釜でご飯を炊こうとしていたママもびっくりしていたみたい。

「(電気代の節約ができて、よさそうね……アレ)」

「お米くらいは炊いたことあるもーん。アタシだって得意だもーん」

ええっと、まずは米をしっかり計量して……釜の中で水洗いする。

それから少しの間、水の入った釜の中にお米を放置。

吸水っていって、こうすることで炊きあがりがふっくらするらしい。

「んじゃ、お米を待っている間に……カレーを作り始めようっと」

まずは白い袋の中から、持ってきた野菜を取り出し……水洗いしていく。

しっかり土や泥を落として、それから続けて皮剥《む》きタイム。

「包丁じゃ難しいから、ピーラーを使って……と！」

調理スキルを獲得すれば、皮剥きなんて一瞬で終わるんだろうけど。

それだけじゃなく、その他の調理の全てが順調に進むには間違いない。

あえてアタシは自分の力だけで、今回のカレーを作ることを選んだ。

これもまた、怜将《れいしょう》さんから教わった料理の極意に繋《つな》がることだと思うから。

「んっ、んんっ……！　この野菜、皮が堅くて……あたっ！」

力を入れ過ぎたせいで、勢い余って指の皮を少しだけ切ってしまう。

ちょー痛い。ああもう、マジでサイアクなんだけど……！

「ぐぎぎぎぎっ！　我慢、我慢するのよアタシ……！」

今すぐにでも調理スキルを手にしたい気持ちを必死に抑え、皮剥きを続行。

見事に全ての野菜をツンツルテンにした後は、それらを包丁でカットしていく。

「ええっと、この野菜のサイズは……どれくらいだったっけ？」

野菜を切る時、アタシはその種類ごとに異なるサイズを選ぶ。

一口大のサイズもあれば、みじん切りのように細かく刻んだり……って、みじん切りするのクソむずいじゃん！

「ふぎゅぇっ……!?　なんか、目に染みるんだけどぉ……！」

しかも野菜をカットしているだけなのに、涙があふれてくる。

これ、毒がある野菜とかじゃないの……？

「（あらあら、華恋《かれん》ちゃん。すっかり苦戦しちゃって……可愛《かわい》い♡）」

涙で滲《にじ》む視界の果てでは、テキパキと調理をしているママの姿が見える。

表情までは見えないけど、なんだか凄《すご》く馬鹿にされている気がするなぁ……

「ひぃっ、ひぃっ……次は具材を炒めながら、煮込んでいくんだよね」

まずは大きめの寸胴鍋を用意して、そこに油を引いていく。

それから火をつけて、油を十分に熱した後……火の通りにくそうな野菜から投入する。

「焦げつかないように、かき混ぜながら……特製バターも追加しないと……あっ、でも具材もどんどん入れなきゃ……！　ああっ、火の強さも調整するんだった！」

まともに料理するのなんて初めてだけど、やることがあまりにも多いことにびっくり。

こんなに大変なことを毎日欠かさず、手も抜かずにやってくれていたママは……本当に凄いんだって実感しちゃう。

でも、ママがどれだけ偉大で、世界で一番凄いお母さんだとしても……それは、アタシが逃げていい理由にはならない。

「こっのぉぉぉぉっ！　だぁりゃぁぁぁぁぁっ！」

具材が増えてきた鍋に水を入れて、さらにかき混ぜていく。

中の具材を潰《つぶ》してしまわないよう丁寧に、大きく円を描きながら……ゆっくりと。

さらにコンロの火を強くすると、顔に当たる熱も強くなる。

熱い……汗も出てきちゃった。

「ぜぇっ、はぁっ、ぜぇっ、はぁっ……！」

荒れてきた呼吸とは裏腹に、鍋の中はどんどんいい感じに育っていく。

ここでアタシは火を弱めて、放置していたお米の方へと戻る。

「一旦、お水を捨てて……今度は釜の目盛りに合わせて水を入れるっと」

水の調整もバッチリ。アタシは釜を炊飯器にセットして、炊飯スイッチを入れる。

後はもう、炊きあがる時間を待つだけだ。

「さてと、お次はカレーに戻って……」

ここでいよいよ登場するのが、今回のカレーでメインとなる食材。

みんな大好き、お肉の登場……のはずだったんだけど。

「な、生肉って……うえぇ、なにこれぇ」

袋から取り出し、包みを開いて食材の生肉を手に取る。

ひんやりしてるけど、ぶよぶよしているし……なんかベタついているというか、ぬるってる感じがちょーキモい。

「（華恋ちゃんが取り出したあのお肉……たしか、この世界ではとてもクセのある食材だったはず。一体、どこで買ってきたのかしら?)」

アタシが生肉に触るのに苦戦していると、ママがこっちを渋い顔で見つめてきた。

それがなんだか馬鹿にされているように感じて、アタシはようやく腹を括《くく》る。

「ふんっ! やったらぁーっ!」

まな板の上に生肉を置くと、アタシは包丁を強く握りしめた。

覚悟を決めた女の子はね、何が相手でも怖くないんだから!

「うりゃりゃりゃりゃりゃりゃりゃぁーっ!」

スパスパスパッと、いい感じのサイズにカットされていくお肉。

それをまな板の上に並べて、上から軽く塩コショウをまぶして……ぺちぺちと叩《たた》く。

「下味はこれくらいでいいよね」

しっかり味をつけたお肉を鍋の中に投入して、一度綺麗《きれい》に手を洗う。

生肉を触った後は、ちゃんと消毒しないとダメだってママが言ってたからね。

「そんで、また混ぜて……灰汁《あく》が出てきたら、お玉で掬《すく》って捨てる」

頭の中に叩き込んできたカレーの作り方を振り返りながら、鍋をかき混ぜる。

グツグツといい感じに煮込まれてきたところで、アタシは新たな食材を取り出す。

いや、食材というよりは調味料って言った方がいいのかな?

「じゃじゃーん! スパイスだー!」

小さな袋の中に三つ、小分けにされたスパイスの粉。

アタシはそれを鍋の中にサラサラと流し入れていく。

「（スパイス？　ターメリックやコリアンダーとは色が違うみたいだけど……）」

秘密のスパイスを訝《いぶか》しむように、こっちを見てくるママ。

ふふふっ、これが何か分からないんでしょ？

当然だよ！　これは、アタシがこの世界で調達した特別なモノなんだから！

「よーし。カレールウをちょっとずつ、溶かしながら入れて……」

馴染み深いカレーの匂いが、鍋の中から漂ってくる。

はぁーいい匂い。こんなに美味しそうなカレーを作れるなんて、やっぱりアタシは天才だ。

でも、この程度で満足するようじゃ駄目だよね。

「最後に隠し味の、すり下ろし林檎《りんご》とハチミツを投入……！」

正真正銘、これが本当に最後の食材。

青みがかった林檎をすり下ろしたものと、とろとろのハチミツを鍋に加え入れる。

「できた……！　アタシが生まれて初めて、一人で作り上げたカレー！」

小皿に完成したカレーをちょびっと垂らし、フーフーしてから口に運ぶ。

「ずずずっ、んっ……んんふふふっ」

うんっ！　めっちゃ美味しいっ！

これなら、ママをやっつけることだってできるかも！

「じゃあ、いよいよ盛り付けだね！」

タイミングよく炊飯器がピーピーと鳴ったので、炊飯器の蓋を開ける。

ホカホカの湯気を立てる純白の白米。

今すぐよそいたいところだけど、お米は炊いた後はちょっと蒸らした方がいいらしい。

しゃもじを使って炊きたてのお米に十字の切り込みを入れ、それをひっくり返すようにして全体をかき混ぜていく。

その後に炊飯器の蓋をして、しばらく置いておけばバッチリ。

「華恋《かれん》ちゃん、すごいじゃない。いつの間に、そんなことを覚えたの？」

「ふふーん！　アタシには強い味方がいるんだもんね！」

「まぁ、怖い。でも、そんな基本を覚えた程度じゃ……私は倒せないわよ」

「それはどうかな？　審査を始めれば、すぐに分かると思うよ」

「ええ、そうね。今から、その時が楽しみだわ」

ママはすでに料理が完成していたみたいで、すでにお皿にカレーをよそい始めている。

「華恋ちゃん、先に私から審査に入ってもいいかしら？」

「別にいいよ！　順番はどっちでも、アタシの勝ちは変わらないもん！」

「……なら、お言葉に甘えることにするわね」

ママはお盆にのせたカレー皿たちを審査員席へと運ぶ。

「おおおっ！　なんて美味そうな匂いだバブ！」

審査員席に座るバブバブ四天王たちは、ママが運んできたカレーの匂いを嗅《か》いだだけですっかり大興奮状態。

「ばぶ、ばぶばぶばぶっ……かれぇ、かれぇ……」

審査員席の隣で磔《はりつけ》になっているお兄ちゃんも、口の端からヨダレを垂らしている。

クッソキモいとは思うけど……ヨダレ掛け、つけていてよかったね。

「はぁーい、来人《らいと》。まんまのお時間だから、おしゃぶりはナイナイちまちょうねぇ～？」

「あうっ、やぁっ！　やぁーやぁーっ！」

「もう、暴れないの。ほら、ママが食べさせてあげますからね～？」

「キャッキャッ！　まんま！　まんまっ！」

おしゃぶりを回収されたお兄ちゃんは、雛鳥《ひなどり》みたいに大きく口を開いて……ママからご飯を貰《もら》えるのを待ちわびている。

「ふぅーっ、ふぅーっ。はい、あーん♡」

そしてママはカレーを掬《すく》ったスプーンをフーフーしてから、お兄ちゃんの口へ運ぶ。

「あむっ、むぐむぐむぐ……」

「「「ぱくっ」」」

お兄ちゃんが口を閉じたのと、バブバブ四天王がカレーを食べたのはほとんど同時。

スプーンを口から引き抜いて、もぐもぐと口を動かして飲み込む。

そのたった数秒、一口の間に……全員の感情は激しく爆発。

「フオオオオオオッ！　うんまぁぁぁぁぁぁぁぁぁぁっ！」

「ママの勝率は測定不能でちゅうううううっ！　こんなの僕のデータを超えすぎて、もう頭がおかちくなっちゃいまちゅよぉぉぉぉぉぉっ！」

「グオオオオオオオンッ！　オデ、コレ、スキ！　バブ！　バブバブバブッ！」

「ああっ、なんて美味しいんだ！　この味わい深さ！　胸を満たす高揚感！　いつまでも食べていたいと心から思えるほどに、最高の逸品だ！」

バブバブ四天王たちは料理を絶賛しながら、無我夢中でカレーを食べ進めていく。

この後、アタシの料理を審査することなど忘れているかのようにガツガツと、米の一粒さえ残さない勢いで……あっという間にカレーを平らげてしまったのだ。

「まぁまぁ、みんな落ち着いて。これくらいでよければ、また作ってあげるから」

そんなバブバブ四天王たちを見て、クスクスと笑うママ。

「ねぇ、来人《らいと》。貴方《あなた》はどうかしら？」

「ママッ！　しゅきっ！　ママッ、ママ！　ママも、ママのカレーもだいちゅきっ！」

「来人～♡　ママも来人のことが大好きよ～♡」

「おかわりっ！　もっと！　もっとぉ！」

四肢の鎖をガッシャンガッシャンと揺らして暴れるお兄ちゃんを、ママは蕩《とろ》けきった笑顔で抱きしめる。さらに、大きな胸を押し当てながら、頭をよしよしするおまけ付き。

言葉にはしていなくても、もう決着がついたと確信したかのような喜びぶりだ。

「…………」

色々と思うところはあったけど、そこはグッと堪《こら》えて……実食の準備を進める。

お皿にご飯とカレーをよそって、それを審査員席の方へと持っていく。

「ママ、次はアタシの番なんだけど？」

「あ、ああ、ごめんなさい。あまりにも嬉しくて、つい」

ギロリと睨《にら》むと、ママは恥ずかしそうにお兄ちゃんの傍《そば》から離れる。

「あっ、ママ……！」

その時、お兄ちゃんが名残《なごり》惜しそうに小さな声を漏らす。

はぁ？　可愛《かわい》い妹が目の前にいるのに、それでもママがいいってわけぇ？

ほんっとうに、ウザいんですけどぉ！　このマザコンお兄ちゃん！

「……いいもん。どうせすぐに、お兄ちゃんは理解《わか》らせられるんだから」

お兄ちゃんが誰のお兄ちゃんで、本当に一番愛すべき存在は誰なのか。

アタシのカレーを食べれば、全て思い出すに決まってる。

「ほら、アンタたちもアタシのカレーを食べなさいよね！」

「……ママの後に、小娘の料理バブか」

「フッ、この試食が無意味に終わる可能性……百パーセントですね」

「オマエ、ママジャナイ……イロイロ、チイサイ。ママ、カテナイ」

「いくらママの本当の娘さんでも、ライトさんと同じ結果だと思いますけどね」

アタシがテーブルにカレー皿を並べると、連中は言いたいことを言ってくる。

こんな状況じゃなきゃぶっ飛ばしているところだけど、ここは我慢。

「じゃあ、アタシの審査スタートね。お兄ちゃん、ほら、あーんして」

銀のスプーンでカレーを掬《すく》って、お兄ちゃんの口元に運ぶ。

でも、お兄ちゃんは……この可愛《かわい》い妹がせっかく、あーんしてあげたというのに。

「……ぷいっ」

口と目を閉じて、顔を真横へと背ける。

あはははっ、おもしろーい。

「あ？　ぶっ殺されたいの？　それとも、このスプーンを鼻の穴にぶち込んであげよっか？」

「や、やぁっ……」

可愛すぎる妹の言葉に従って、お兄ちゃんは素直に口を開いてくれた。

その中へ、アタシは優しくスプーンを突っ込んでやった。

「あむっ、もぐっ、もぐもぐ……」

「「「ぱくっ」」」

五人全員が、アタシのカレーを一口ずつ食べていく。

だけど、その反応は……ママの時とは大違い。

「「「……？」」」

バブバブ四天王たちは全員、何か戸惑うように首を傾《かし》げる。

それから、眉間《みけん》にシワを寄せながら……二口目を口に運ぶ。

「あらあら、みんな酷いわ。華恋《かれん》ちゃん、上手に作っていたのに」

一向に料理に対する感想が出ないのを見て、同情心を抱いたんだろうね。

ママは頬《ほお》に手を当てながら、困ったようにバブバブ四天王に話しかける。

しかし、バブバブ四天王は大好きなママからの声にも反応を見せず……また一口、また一口とカレーを食べ進めていくだけ。

「……みんな？　どうしたの？」

そこでようやく、ママは異変に気づいたらしい。

最初こそ怪訝《けげん》な反応を見せていたはずのバブバブ四天王たちだったけど……

「うっ、うぅぅっ……ああああっ！」

「ああっ、そんな……！　まさか、本当に……？」

「オデ、ワカル。ワスレル、ワケガナイ……！」

「……なんて、ことだ。とても信じられないよ……」

カレーを食べながら、ポロポロとこぼれ落ちる涙。

その顔はとても、甘えん坊の赤ちゃんからは程遠いものだった。

「どういう、こと……？　何が、起きて……」

焦《あせ》ったように、ママがアタシを……ううん、アタシの隣で磔《はりつけ》にされているお兄ちゃんへと視線を向ける。

「来人《らいと》、貴方《あなた》は……」

祈るように、期待するように、縋《すが》るように。

ママはお兄ちゃんの名前を呼ぶ。

でも、もう遅い。

「……ありがとう、華恋《かれん》」

バキィンッと金属が砕ける音と共に、両手両足の拘束を引きちぎるお兄ちゃん。

自由の身となって、地面に降り立った後は……すぐにその手を、アタシの頭に乗せた。

「お前なら、きっとやれると信じていたよ」

「……えへへっ、当たり前じゃん♡」

久しぶりに感じる、お兄ちゃんの温《ぬく》もり。

ゴツゴツしてて、あったかくて……優しい感触。

アタシはこうやってお兄ちゃんに頭を撫《な》でてもらうのが、何よりも大好き。

「ほんっとうに……アタシ、頑張ったんだよ？」

じんわりと視界を滲《にじ》ませながら、アタシはお兄ちゃんに抱きつく。

細い腰に両手を回して、今まで会えなかった分を取り戻すように……胸に顔を埋《うず》めて、お兄ちゃん成分をたっぷりと吸収する。

「ばかぁっ……！　ざぁこざぁこお兄ちゃん！　だらしない、情けないっ、頼りないっ！　妹に助けてもらうなっての！　ばぁーかばぁーかっ！」

「悪かったよ。でも、もう大丈夫。俺はこれから先、何があろうとも……お前の兄ちゃんでい続けてやるから」

お兄ちゃんもアタシの背中に両手を回して、ぎゅっと抱きしめてくれる。

ああ、どうしよう……！　こんなの幸せすぎて、頭が変になっちゃいそう。

「う、嘘《うそ》よ……！　来人の心は完全に奪ったはずなのに……」

アタシが幸福の絶頂を迎えていると、後ろからママの声が聞こえてくる。

まだ現実が受け入れられないみたいで、すごく取り乱しているみたい。

「私の作ったカレーの方が、美味しく仕上がっているはずなのに！」

「いいや、母さん。今回の料理勝負は……華恋の勝ちだ」

「んなっ……!?」

「四天王たちも、きっと同じ意見だと思うぜ」

「「「……………」」」

バブバブ四天王たちは頬《ほお》を伝う涙を拭《ぬぐ》いながら、何度も何度も頷《うなず》いている。

そして、審査員席の片隅に置かれている『無垢《むく》なる赤子』には一切の反応がない。

つまりは、この料理対決はアタシの勝利で確定ってこと。

「私が、負けた……？　華恋《かれん》ちゃんが作った料理に……？」

「うん、そうだよママ。純粋な味なら、絶対にママが上だと思うけどね」

「……え？」

「今から、アタシがママに勝てた理由を教えてあげる！」

呆然《ぼうぜん》とするママの前に歩み出たアタシは、大きく胸を張る。

生まれて初めて、ママを超えることができた達成感。

それと、家族を取り戻せた喜びを……噛《か》み締めながら。

サラダ③✦『料理の極意とは?』

「ワシが長年かけて辿《たど》り着いた、料理の極意を伝授するとしよう」

時間は今から遡《さかのぼ》って、怜将《れいしょう》さんから料理の極意を教わっていた時のこと。

ゴクリと生唾《なまつば》を飲むアタシに、怜将さんはいきなりこう切り出してきた。

「華恋《かれん》よ。お主《ぬし》は『料理は心』という言葉を知っておるか?」

「……え? んーっと、聞いたことはあるけど」

「うむ。では、お主はそれをどう考える?」

「ええっ? 言葉通り……相手を想って、丁寧に料理を作ることじゃないの?」

悩みながらアタシがそう答えると、隣の姫妃《ひめき》ちゃんも同意するように頷《うなず》く。

でも、怜将さんは穏やかな顔のまま小さく首を横に振る。

「半分はそういう意味で合っているが、完全な正解ではないのう」

「ではお祖父《じい》様、一体何が正解なんですの?」

「料理は心。それ即ち、自分の愛情をどれだけ料理に捧げるかということじゃ」

「「……………?」」

怜将さんの言葉に、アタシと姫妃ちゃんは戸惑うしかない。

いや、言いたいことはなんとなく分かるけど……それは精神的な話じゃないの？

料理に「美味しくなぁれ」と言っても、実際に美味しくなるはずがない。

そんなことは小学生のアタシたちだって知っていることだ。

「おう、すまん。もっと分かりやすい言い方をするべきじゃったな。ここで言う愛情とは、手間暇や労力のことを指しておる」

「手間暇？　労力……？」

「そうじゃ。料理というのは、ただレシピ通りに丁寧に作ればいいというものではない。料理を始める前から、やれることが沢山あるんじゃ」

料理を始める前？　どういう意味なんだろう？

「例えば、料理を食べさせる相手……その好みを事前に聞いておく、調べておくことは重要だとは思わんか？」

「ええ、そうですわね。苦手なものが入っていると嫌な気持ちになりますし、逆に好きな食材が入っていたらテンション爆上げ待ったなしですもの」

「他にも、その人物が近日、どんな食事をしたかを訊《たず》ねる必要もある。同じような料理が連続すれば、どんな美味しい料理でも評価は少し下がってしまうものじゃ」

言われてみれば、そうかもしれない。

大好物のカレーとかなら気にならないけど、ハンバーグを食べた次の日にまたハンバーグだったら嫌になるもん。それは味に関係なく、別な料理にしてほしいと思っちゃう。

「他にも、寒い日が続くなら体が温まるような料理を選ぶ。季節に合った食材を利用して作れる料理は何かと考える。同じ食材でも、より鮮度の良さそうなものを選ぶ……など。一つ一つは小さいことでも、それらが積み重なっていけば……」

「とても大きな差となる。相手がその料理を喜んでくれる確率が上がるというわけですわね」

「そういうことじゃ。無論、ちゃんとしたレシピの料理を丁寧に作るという前提はある。しかし、調理中に注げる愛情には限度がある」

「でも、料理する前の準備段階には……限界がない。それって、やろうと思えばどれだけでも料理に愛情を込められるってことだよね」

そうか、だからなんだ。

ママはアタシたちの好みを熟知しているし、メニューが被らないようにしっかりと考えた献立を組み立ててくれている。

食材選びも、長年の経験で培った主婦の目で選び抜いているに違いない。

その上、優れた調理技術も合わさっているから……ママの料理は最強なんだね。

「華恋《かれん》よ、ハッキリ言おう。お主《ぬし》の実力で、雫《しずく》の調理技術に勝つことは不可能じゃ。愛情の込め方の年季も、あやつには遠く及ばん」

「だけど、料理前の愛情の込め方なら……！　勝負できるかもしれない！」

当然、それだってママの方が有利に決まってる。

だけど、料理前の愛情の注ぎ方に限界はない。

ママを超えられるまで、とにかくアタシが頑張りまくれば……可能性はある！

「後は、挑発なんかも有効かもしれんのう。雫の奴はああ見えて負けず嫌いじゃから、ムキにさせることで料理の心をブレさせてやるんじゃ」

「名案ですわね！　食べる人を喜ばせるのではなく、対戦相手を倒すという目的で料理を作れば……まともに愛情を込められるはずがありませんもの」

「挑発かぁ。アタシにできるかなぁ……」

お兄ちゃん相手ならいくらでもやれそうだけど、ママが相手だと難しそう。

「……華恋よ。実を言うとな。ワシもこの極意を体得してはいなかったんじゃ」

アタシが悩んでいると、怜将《れいしょう》さんは神妙な顔で話し始める。

「ワシが持っていたのは調理の腕だけ。さっき言ったような、食べる人に注ぐ愛情を持っていたのは……死んだ婆さんじゃった」

「お祖母《ばあ》様が？」

「ああ。食材の仕入れから、店の内装に至るまで……全てをあやつに頼っておった。だから、婆さんがいなくなった途端、店は一気に傾いた」

悲しそうな顔をしながら、怜将さんは視線を上げる。

「……気づいた時にはもう手遅れ。どうにか客の心を取り戻そうとして、若くない体を壊してしまい……こんな風に落ちぶれた」

「いいえ！　そのようなことは……！」

「いいんじゃ、これはただの事実。そして、この教訓を次の世代に伝えていくことこそが……この老いぼれに残された最後の使命じゃろうて」

怜将《れいしょう》さんはアタシの肩に手を置いて、優しく微笑《ほほえ》みかけてくる。

「頑張るのじゃぞ、華恋《かれん》。お主《ぬし》の愛情で、雫《しずく》をぎゃふんと言わせてやれ」

「ありがとう、怜将さん。アタシ、やってみる！」

アタシが拳を突き出すと、怜将さんもそれに拳を合わせてくれた。

姫妃《ひめき》ちゃんもアタシの手を握って、頑張れって言ってくれた。

後はもう、アタシ次第。

力を貸してくれた姫妃ちゃんと怜将さんのためにも……！

お兄ちゃんとママを連れ戻すためにも、最高の料理を作ってみせるんだ！

七杯目✦『ママ、今夜はカレーだから早く異世界から帰ってきてよ』

「今から、アタシがママに勝てた理由を教えてあげる！」

母さんを料理対決で下し、小さな胸を張りながら叫ぶ華恋《かれん》。

よほど嬉しいのか、いつもの十倍ほどのドヤ顔状態なのだが……まぁ、今日くらいは大目にみてやろうじゃないか。

「そうよ……華恋ちゃん、何か卑怯《ひきょう》な手を使ったんでしょう？　そうでなきゃ、ママが負けるはずがないもの……！」

一方、未だに自分の敗北が受け入れられない様子の母さん。

両手で頭を抱《かか》えながら、虚《うつ》ろな顔をしている姿はとても痛々しい。

料理に絶対の自信を持っていたことと、幼い娘に負けたショックが大きいのだろう。

「うーん？　まぁ、卑怯と言えば卑怯なのかも。この勝負のために、めっちゃくちゃ準備してきたし……色んな人の力を借りたもん」

それから華恋は、ポツリポツリと語り始める。

この料理対決を始める前、華恋はどんな準備をしてきたのか。

そして、勝利を手にするために協力を求めた……さらなる助っ人たちのことを。

□

姫妃《ひめき》ちゃんと怜将《れいしょう》さんを見送った後。

また異世界に戻ったアタシは、一から作戦を考えることにした。

「料理は心。食べる人に対して、どれだけ愛情を注げるかが勝負……！」

今回の場合、対象となるのは五人。

ママに負けたクソザコお兄ちゃんと、あのキモいバブバブ四天王たちだ。

ぶっちゃけ、お兄ちゃん以外の連中のために愛情を込めるのは嫌だけど……今はそんな甘えたことは言っていられない。

「お兄ちゃんの好みは分かるし……そうなると、調べなきゃいけないのは四天王たちだよね」

アイツらがどんな料理を好きなのか。

どんな食材が苦手で、嫌いなのか。

それらを知るために、アタシがしないといけないことは……なんだろう？

「……あっ、そうだ！」

ここで天才のアタシは閃《ひらめ》いた。

四天王たちの好みを一番よく知っているのは、間違いなくアイツらのお母さんたちだって。

つまり、バブバブ四天王のお母さんを一人ずつ訪ねていけば……有力なヒントが得られるかもしれない。

「ちょうど『会いたい人の元にワープできる』能力をゲットしているし、タイミングバッチリじゃーん！　えーっと、じゃあまずは……ヴォルフ、だっけ？」

たしかバブバブ団の元ギルドマスターがそんな名前だったよね。

まぁ、とにかくアイツのお母さんに会いたいって願えば行けるはず。

「ヴォルフのお母さんのところへ、ワープ！」

叫ぶのと同時に、目の前に白いワープホールが生まれる。

アタシは間髪容れず、急いでその中へと飛び込んでいった。

「……よっと！　とうちゃーっく！」

ワープホールを抜けた先に広がっていたのは、のどかな風景。

野菜がいっぱい実った畑があちこちに広がっていて、その真ん中に古ぼけた木造の家がポツンと立っている。

「あの家がヴォルフの実家なのかな……？」

「そこのアンタ。うちに何か用でもあんのかい？」

「ひゃあっ！」

いきなり後ろから声を掛けられて、思わず飛び上がっちゃう。

振り返ると、畑の中からこちらを見ているおばさんと目が合った。

歳は多分、五十歳くらい。

白髪交じりの髪をひとまとめにしていて、服装は農作業用のエプロン姿。

かなりふくよかな体つきで、まさに肝っ玉母ちゃんって感じだ。

「なんだい、失礼だねぇ。人の顔を見るなり、驚いたりして」

「ご、ごめんなさい。あの、ええっと……」

落ち着かなきゃ。変に怪しまれたりしたら、力を貸してもらえないかもしれない。

冷静に、しっかりした態度でお話をしないと。

「アタシは華恋《かれん》っていいます。急にやってきて、すみません」

「カレン、ねぇ？　アンタみたいに小さい子が、こんな田舎に一人で来たのかい？　親は一緒じゃないの？」

「はい、一人で来ました。おばさんに、教えてほしいことがあって」

「……は？　このあたいに？」

「実は……」

それからアタシは、おばさんに事情を説明し始めた。

アタシのママが突然、家を出ていってしまったこと。

そのママがとある街のギルドを乗っ取り、支配してしまったこと。

ママを連れ戻そうと料理対決を挑んだお兄ちゃんが、完全敗北して捕まってしまったこと。

今度こそママを倒すために、審査員を務める人たちの好物を調べていること。

審査員の一人が、おばさんの子供であるヴォルフであるということ。

「ふぅん？　なるほどねぇ」

おばさんはアタシのたどたどしい話を、最後まで黙って聞いてくれた。

そして、話が終わったのを確認するや否や……無表情から一変。

不愉快そうな表情と声色で、こう言い放ってきた。

「悪いけど、あたいには関係ないね。ヴォルフなんて奴は、うちの子じゃないよ」

「……えっ？　そんなはずは……？」

ここにワープしてきたということは、この人がヴォルフのお母さんで間違いないはず。

なのに、どうして……？

「ああ、勘違いするんじゃないよ。たしかにアイツは、あたいが腹を痛めて産んだ子さ」

アタシが困惑しているのを見て、おばさんは言葉の真意を説明してくれる。

「だけどね、とっくの昔に勘当したんだ。だから、もう二度と関わりたくないのさ」

「勘当って、なんで……？　実の子供なのに……」

「……色々あったんだよ。あの子が十八歳になった時、旦那が重い病気にかかってね。うちの畑作業を全部、ヴォルフに継がせようとしたんだ」

「あっ、もしかして……」

「そうさ。あの子は農家になんてならないと言って、この家を飛び出していった。こんな田舎で朽ち果てるくらいなら、都会で一旗揚げてやるってね」

ギリッと歯を噛《か》み締めて、おばさんは握った拳を震《ふる》わせている。

当時のことを思い出して、とても苦しいんだと思う。

「それから半月もしないうちに、旦那は病気で死んだよ。大切にしていた息子に見捨てられ、あの子の言う『こんな田舎』で朽ち果ててしまったんだ」

「そんな……」

「父親を見捨て、死に目にも遭わず……都会で好き放題。聞こえてくるのは悪評ばかり。何度も思ったよ、あんな子を産むんじゃなかったってね」

震える声でそう告げたおばさんの瞳から、一雫の涙がこぼれる。

「お嬢ちゃん、いいかい？　家族なんてものはね、簡単に壊れちまうもんなのさ。あんたの母親が家族を捨てたのだって、同じこと」

「…………っ」

「悪いことは言わないよ。元の生活に戻ろうなんて考えずに、母親に従いな。そうすりゃ、少なくとも寂しい思いはしなくて済むだろうさ」

「嫌だよ、そんなの」

おばさんはきっと、善意から忠告してくれている。

それは分かるけど、だからといって……とても納得なんてできない。

「まだまだ子供だねぇ。現実が受け入れられないのかい？」

「うん、子供だもん。だから、嫌なものは嫌なのっ！」

「何を馬鹿なことを……」

「別にいいよ！　変な意地を張って、格好つけて、大人ぶって！　自分の大切なものを失うくらいなら、アタシは子供のままでいい！　馬鹿って言われてもいい！」

「なっ……？」

「家族を守るためなら、なんだってしてやるって決めたの！　だからっ！」

叫んだ勢いのままに、アタシはその場に座り込んで両手を地面につけていく。

そして、頭を深く下げて……おばさんに土下座をする。

「お願いしますっ！　力を貸してくださいっ！」

アタシの短い人生において、土下座なんてやったことない。

恥ずかしいし、悔しいし、土の匂いがして気分はサイアク。

でも、構わない。この先、ママとお兄ちゃんと……元の世界で楽しく過ごせる日々を失うことに比べたら、こんなのなんでもないよ。

「……顔を上げな、お嬢ちゃん」

土下座をしてから、それなりの時間が経った頃。

不意に頭上から優しい声が聞こえてきて、言われた通りに顔を上げる。

するとそこには、穏やかな微笑《ほほえみ》を浮かべるおばさんの姿があった。

「全く、年を取るっていうのは嫌だねぇ、性格がひん曲がっちまう」

「あっ、え？」

「本当はね、あたいが悪いんだよ。あの子の話も何も聞かないで、頭ごなしに言うことを聞かせようとして……反発されて、逃げられちまって。家族がバラバラになったんだ」

おばさんはアタシの体についた土を払いながら、ポツポツと話し始める。

「お嬢ちゃんみたいに、馬鹿になれなかったのさ。心の奥底では、あの子に会いたいと思っていても……可愛《かわい》い我が子だと思っていても、くだらない見栄と意地が邪魔しちまう」

「おばさん……！」

「でもね、あんたのおかげで吹っ切れたよ。お嬢ちゃんみたいな小さい子がこんなに頑張っているっていうのに、いい年をしたおばさんが何をしてるんだろうってね」

「じゃ、じゃあ！」

「ああ、力を貸すよ。ちょっとここで待ってな」

小さく頷《うなず》いたおばさんは、さっきまでお世話をしていた畑の方に向かっていく。

それから一か所、二か所、三か所と畑を回ったおばさんは……両手に沢山の野菜を抱《かか》えながら、こっちに戻ってくる。

「これは昔から代々、うちで育てている野菜だよ。ヴォルフは昔から、この野菜たちが好きでね。肉なんかよりも、よっぽどモリモリと食べていたもんさ」

「わぁっ！　綺麗《きれい》な色をしていて美味しそうっ！」

「あははっ、当たり前さ。この大陸で一番美味しい野菜たちだよ！」

野菜をアタシに手渡しながら、ケラケラと笑うおばさん。

両手いっぱいの野菜を受け取ったアタシは、お礼のためにもう一度深く頭を下げる。

「ありがとう、おばさん！」

「礼なんかいいよ。それより、うちの野菜を使うからには絶対に負けちゃダメだからね」

「うんっ！　あっ、でも……この野菜を美味しく調理する方法が分からないや」

「料理かい？　まぁ、それは他の食材にもよるからねぇ」

たしかにその通りだ。

ここからまだ、他の四天王の実家も訪ねていくわけだし……そこでどんな情報を得るか分からない以上、料理を決めることはできないよね。

「……ねぇ、おばさん。もう一つだけ、頼んでもいい？」

「ん？　なんだい？」

「レシピを決めるまで、一緒についてきてほしいの」

「できればそうしてあげたいけどね、この年じゃあ……」

「大丈夫！　移動は一瞬だし、帰りもちゃんと送っていくから！」

「はぁ？　何を言ってるんだい？」

「いいからいいから！　ワープスキル発動！　今度は、えーっと……ブレインのお母さんの場所まで連れていって！」

スキル発動と共に、再び白いワープホールが出現する。

それを見たおばさんは、両目を丸くしてビックリしている。

「な、なんだいコイツは？　お嬢ちゃんは、一体……？」

「えへへへっ！　さぁ、行こうっ！」

たっぷりの野菜を抱《かか》えたまま、アタシはおばさんと一緒に次の場所へと向かう。

まだ、たった一か所だけど……こうして分かり合うことができた。

やればできる。アタシの想いはちゃんと伝わるんだって……分かればもう、何も恐れることはなかった。

□

「なんだぁ、おめぇらぁ。ああ？　ブレインのことが知りてぇだか？」

ブレインのお母さんは、深い山奥でバリバリ働いている猟師さん。

「アダス、オーク。ニンゲン、キライ。ココニ、ナンノヨウダ……？」

パワーグのお母さんは、人里から離れた僻地《へきち》で暮らしているオークさん。

「いらっしゃいませぇ！　当店自慢の青りんごはいかがですかぁー！」

ベイビのお母さんは、大きな都市で営業をしている八百屋さん。

「アタシに力を貸してくださいっ！」

バブバブ四天王が元々、荒くれ者たちのギルドを治める幹部たちということもあって……家族との関係には、やっぱり大きなヒビが入っていた。

誰もが最初は、息子とはもう関わりたくないと、ろくに話も聞いてくれなかった。

でも、そんな中……アタシに助け舟を出してくれたのは、ヴォルフのお母さん。

「お願いします。この子の話を聞いてやってくれませんかね？　あたいもこの子のおかげで、もう一度母親に戻ってみようって気持ちになれたんですよ」

その言葉のおかげで、ブレインのお母さんはアタシの話に耳を貸してくれて……アタシに協力してくれることになった。

「オークさんよぉ、オイラたちは敵じゃねぇべ。おめぇさんを救いに来ただ！」

続いてパワーグのお母さんの説得は、ブレインのお母さんがやってくれた。

「ムスコ、ダイジ……キモチ、オナジ……ハズ」

パワーグのお母さんの次は、ベイビのお母さんの説得。

気がつくとアタシの周りには、四人もの頼もしいお母さんたちが揃《そろ》っていた。

「改めて、おばさんたちありがとう！　みんなのおかげで、美味しそうな食材がいっぱい揃っちゃった！」

「そうだねぇ。だが、問題はこれらをどう料理するかだろ？」

「オイラの用意した魔物肉を美味しく食うのは難しいべ！」

「アダスノ、オークヒデン……スパイスモ、ムズカシイショクザイ」

「うーん？　うちの店のりんごはデザート向きじゃないかな？」

集めた食材を囲みながら、歴戦のママたちで会議。

これら全ての食材、それぞれのよさを生かせる料理……それはもう、一つしかない。

「あの、アタシ……カレーを作りたいんだ」

「「「「カレー？」」」」

「味の濃い煮込み料理だよ。白米にかけて食べると美味しいの！」

「ふぅん？　いいんじゃないかい？　うちの野菜は煮込んでも美味しいからね」

「んだんだ。オイラの肉も、味の濃い煮込み料理にはピッタリだ！」

そこからは、おばさんたちからアタシへの指導タイム。

野菜の最適な切り方、お肉への下味の付け方。

スパイスの分量はどれくらいがいいのか、りんごに合うハチミツ選びなど。

ママにだって引けを取らない熟練の主婦たちから指導を受けたアタシは、それらを忘れないように必死に記憶した。

そしてついに、入念な打ち合わせは終わりの時を迎える。

「頑張るんだよ、お嬢ちゃん。それと、例の件……よろしくね」

「うん！　ちゃんと伝えるからね！」

おばちゃんたちを全員、元の場所へと帰した後。

アタシは集めた食材を詰め込んだ袋を背負い、決戦の地へと向かうのだった。

□

「とまぁ、こんな感じかな」

母さんとの料理対決を制した華恋《かれん》の口から語られる、衝撃の事実。

審査員たちの好みを調べるため、彼らの母親に接触。

その協力を得て、審査員に絶大な効果をもたらす特攻食材を用いたカレーを作り上げた。

「華恋ちゃんが、そんなことまで……」

話を聞いた母さんは、愕然《がくぜん》としたように膝を突く。

ハッキリ言って、母さんは最初から最後までずっと華恋を侮《あなど》り続けていたからな。

自分の予想を遥《はる》かに上回る華恋の成長と用意周到さに、打ちのめされてしまったのだろう。

「ああっ、やっぱりそうだ……！　これは、うちの畑で採れた野菜じゃねぇか！」

「マイマザーが狩猟した野良のポークバイソンが使用されている確率……百パーセント」

「コノ、カオリ……ナツカシイ……イツモ、ハハカラ、ニオッテタ」

「……いつもいつも、おやつは売れ残りの青りんごでね。正直、飽き飽きしていたとばかり思っていたんですが……いやはや、これは参りました」

一口一口を噛《か》みしめるように、華恋の作ったカレーを食べているバブバブ四天王。

特に自分の家族に縁のある食材が、やはりお気に召しているようだ。

「ねぇ、アンタたち！　おばさんたちから伝言があるんだけど！」

「「「「……っ!?」」」」

そんな四天王たちの前に歩み寄った華恋は、少し怒っているように声を荒らげる。

「言い方は全員違ったけど、内容は全部一緒！『たまには家に帰ってきて、顔でも見せなさい馬鹿息子！』だってさ！」

「「「「…………」」」」

華恋の言葉を聞いた四人は、握りしめていたスプーンを皿の上に置いて……今一度、その双《そう》眸《ぼう》から大粒の涙をこぼし始める。

彼らがいかにして道を踏み外し、荒くれ者の集団となったのかは分からない。

でも、そんな彼らが母さんにバブみを感じ、赤ちゃん化してしまっていたのは……きっと、母親の愛情に飢えていたからに違いなかった。

きっと、この後はそれぞれ……家族の元に帰るのだろう。

そして本物の母親の愛に触れた彼らは、二度と母さんの虜《とりこ》になることはないはずだ。

「……母さん。もう終わりだ」

料理対決もそうだが、華恋《かれん》はあのカレーによってバブバブ四天王たちの心を救った。

自分に依存させ、問題に蓋をしていた母さんとは……比べるまでもない成果だ。

「母さんのカレーも美味かった。でも、世界で一番可愛《かわい》い俺の妹が……俺のために初めて作ってくれたカレーには及ばなかった」

「か、かわっ……！　はぁっ？　こんな時に、きっしょいこと言わないでよ！」

華恋は顔を真っ赤にして喚《わめ》き立てているが、俺は嘘《うそ》は言っていない。

母さんのカレーには、いつもたっぷり含まれているはずの愛情が欠けていた。

それはまるで、勝負を意識して……勝ちにこだわった、小綺麗《きれい》な料理。

俺を救おうと、ありったけの愛情を込めた華恋のカレーは……俺の心を揺さぶり、こうして元の精神を取り戻してくれたのだ。

「頼む。負けを認めてくれ、母さん」

「……嫌、嫌よ。私、負けてない……いいえ、負けちゃいけないの」

しかし母さんは、やはり敗北を受け入れてはくれなかった。

ゆらゆらと幽鬼のように立ち上がると、その拳を握りしめる。

「ふっ、ふふふふっ……来人《らいと》、華恋ちゃん。貴方《あなた》たちは私の子供なの。私がいないと何もできない子供なのよ……そうよ、そうに決まってるわ」

ハイライトの消えた漆黒《しっこく》の瞳で、こちらを見る母さん。

その姿はもはや、俺たちのよく知る最高の母さんとは程遠い……痛々しい姿だった。

「私の言う通りにして……！　もっと私を頼って！　ママのところにいて！」

「ひっ！」

「華恋、下がってろ。ここは俺の出番だ」

俺は華恋を庇《かば》いながら前に立つと、大きく両手を広げる。

すると次の瞬間。母さんは地面を強く蹴《け》り抜いて、一気にこちらへ駆け寄ってきた。

「ああああああああああっ！」

母さんの鋭く重たい拳が、最短距離を最速で迫ってくる。

「……もういいんだ」

顎《あご》先をかすめそうになる拳を、ギリギリのところで躱《かわ》す。

そしてそのまま、開いていた両手を閉じて母さんを強く抱きしめた。

「あっ……！」

「ごめんな、母さん。きっと、何か理由があったんだよな」

俺に抱きしめられた母さんは、必死に身をよじって抵抗しようとするが……俺は逃さないように、さらに抱擁《ほうよう》を強める。

「……それを打ち明けられない、頼りにならない息子でごめん。母さんの苦しみを、救ってあげられない息子で……ごめん」

「らい、と……？」

俺の頬《ほお》を伝う涙を見て、暴れていた母さんは動きを止める。

それどころか、振り上げていた拳を緩め……俺の背中にその腕を回してきた。

「……違うの、違うのよ来人《らいと》。貴方《あなた》も、華恋《かれん》ちゃんも……何も悪くないの」

気がつけば、母さんもくしゃくしゃの顔で涙を流している。

そしていつしか、華恋も母さんにしがみつくようにして抱きついていた。

「ママ……！　戻ってきてよぉ……！　ママがいないのなんて、もうやだぁ……」

「ええ、勿論《もちろん》よ。華恋ちゃん、本当にごめんね……」

家族三人、全員が泣きじゃくりながら抱きしめ合う。

バラバラになりかけていた俺たちの絆は、今ようやく……一つになれたのだった。

「……来人、華恋ちゃん。これから貴方たちに、本当のことを話すわ」

しばらく抱き合ったまま、ひとしきり涙を流し終えた後。

ようやく落ち着きを取り戻した母さんは、そう切り出してきた。

「いいのか？　辛いなら、無理をしなくても」

「ううん、大丈夫よ。私がどうして異世界に家出することを決めたのか。その理由を、ちゃんと二人にも説明しておきたいの」

「書き置きの手紙だと、パパが分からず屋とかって書いてたよね？」

「そうなのよ、全てはあの日の前の晩。パパとの電話から始まったの」

華恋の問いに頷《うなず》いた母さんは、絞り出すように……家出事件の真相を語り出すのだった。

□

今から遡《さかのぼ》ること、二日前（現実世界）の晩。

夕食の時間を終えた牛野《うしの》家の台所で、雫《しずく》は洗い物を片付けていた。

「ふぅ……これで終わりっと！　これで後は……うふふっ♡」

皿洗いも含め、今日の家事の全てを終えた雫。

彼女はウキウキしながらリビングのソファに腰を下ろすと、スマホを取り出す。

「この時間なら、あの人はまだ起きているわよね」

チラリと壁掛け時計を見ると、時刻は午後十時を過ぎた頃。

雫《しずく》は慣れた手付きでスマホを操作して、とある人物へと電話をかける。

「あっ、もしもし♡　あなた、今大丈夫かしら？」

三コールもせずに電話に出たのは、雫の夫にして来人《らいと》たちの父親である牛野黒斗《うしのくろと》。

考古学者として日本各地の遺跡を飛び回っており、滅多に家に戻ってこないのだが……それでも雫は彼を深く愛しているし、現状に不満など抱いている様子はない。

『雫か。ちょうど、君に電話をかけようと思っていたところだよ』

「まぁ、嬉しい♡　離れていても、私たちは心が繋《つな》がっているのね♡」

愛しい夫の声を聞き、嬉しそうに声を弾ませる雫。

普段、子供たちの前では決して見せない……恋する乙女の顔が、そこにはあった。

『子供たちは元気にしているかな？』

「ええ。前にも話したと思うけど、華恋《かれん》ちゃんも学校に通えるようになって……今は毎日、元気いっぱいに過ごしているわ」

『それはよかった。来人はよくやっている』

黒斗が何気なく返したのは、特別な意図のない言葉だった。

実際に華恋を毎日支え、説得し続けた来人の努力があったからこそ……華恋の心を動かし、社会復帰させることができたのだ。

「……そうね、来人は本当に凄《すご》いわ」

しかし、愛する息子を褒められたというのに雫の表情は暗い。

そんな妻の異変に気づくこともなく、黒斗は話を続ける。

『来人も立派な大人になって、華恋も一皮剥《む》けたようだし……そろそろ頃合いだろう』

「……え？　どういうこと？」

『実はね、雫。私は来月から、海外の遺跡へ派遣されることになったんだ』

「え？　え？」

唐突な黒斗の話に、困惑しながらスマホを握りしめる雫。

愛する夫から突然、海外へ行くと告げられては無理のないことだった。

『そこでだ、雫。君にも、私と一緒に海外へ旅立ってほしい』

「……はぇ？　あなた、何を言っているの？」

パニック状態の頭を必死に落ち着けながら、雫は自分の大きな胸に手を置く。

「来人たちはどうするの？　急にそんなことを言われても……」

『あの子たちなら、もう大丈夫さ。君がいなくても、ちゃんとやっていける』

「っ！」

ズキンッと胸の奥に、激しい痛みを感じ……雫は言葉を詰まらせる。

母親である自分がいなくても、子供たちに問題はない。

黒斗《くろと》にそう思われたことも大きなショックだったが、何よりも自分自身が納得しかけていることが……彼女の母親としてのプライドを傷つけていた。

「そんなこと、ないわ……！　あの子たちは、まだまだ手がかかる……子供で……」

『来人《らいと》は家事が一通りできるじゃないか。それに、来人が頼りになるということは君が誰よりも知っているだろう？』

「………」

赤ちゃんの頃からお利口さんで、親を困らせたことがほとんどない長男。

しかも、雫《しずく》が華恋《かれん》の子育てで苦悩していた時には……彼女の代わりに、華恋の母親代わりまで務めていたこともある。

そんな来人がいれば、今の華恋と二人で暮らしていけることは容易に想像がついた。

だがそれは裏を返せば、母親としての雫はもう必要ないと言われているようなもの。

「いいえ、あなた！　あの子たちには私が必要よ！」

『雫、何を子どものようなことを言っているんだ？』

「どうして、どうしてそんな酷いことを言うの！　私は……！」

常々感じていた、自分がダメな母親だというコンプレックス。

それを刺激された雫は感情的な声で、声を荒らげてしまう。

『落ち着くんだ。冷静になれば、君の不在くらいは大したことじゃないと分かるはずだ……』

「っ！　もういいっ！　あなたの分からず屋！　発掘馬鹿！　研究マニア！　巨乳好きの変態教授！　家庭を一切顧みないざぁーこざぁーこパパ！」

激情に支配された雫は、娘と瓜二つの口調で罵詈雑言《ばりぞうごん》を浴びせていく。

さらに、その目に涙を溜めながら……黒斗の返事も聞かずに、大声で宣言する。

「だったら証明してあげる！　私がいなくなったら、あの子たちは困るって！　何もかもを捨ててでも、私を追いかけてきてくれるってね！」

『雫、君は何をするつも……』

「バイバイ、あなた！　私は異世界に行かせてもらいます！」

一方的に通話を切った雫は、頬《ほお》を伝う涙を拭《ぬぐ》うと……すぐさま紙とペンを取り出した。

「……もう、あんな人なんて知らない。私は……あの子たちを信じるわ」

書き置きのメモを書き殴り、それをテーブルの上に置いた雫。

その後、彼女はまっすぐに二階の物置部屋へと向かう。

「私は……来人と華恋のママなの」

母親としての存在価値を証明するため。

自分が必要とされていることを実感するために……

雫は異世界ポータルへ身を投じていくのだった。

□

「……ということがあったの」

なぜ、父さんと喧嘩《けんか》して異世界に家出することになったのか。

その全容を語り終えた母さんは、気まずそうに俯《うつむ》いてみせる。

「俺たちが寝ている間に、そんなことがあったのか」

「はぁ？　何それ！　パパってば、マジでサイテーじゃんっ！」

話を聞き終えた華恋《かれん》は父さんに怒り心頭の様子で、鼻息荒く拳を握りしめていた。

まぁ、実際に俺も似たようなもんだ。

父さんの言ったことはどうかと思うし、無責任なことを言いやがってとムカつく。

だが、それ以上に俺が許せないのは……

「母さん、俺は父さんよりも……母さんに怒ってる」

「……はぁ？　お兄ちゃん、何を言ってんの？」

「ううん、華恋ちゃん。これだけ迷惑をかけたんだから、来人《らいと》が怒るのは……」

「違う、そこじゃないよ」

俺は小さく縮こまる母さんの両肩を掴《つか》むと、強引に目線を合わせる。

「前にも言っただろ？　母さんは何があろうとも、俺たちの最高の母さんだって。なのに、父さんに何か言われたくらいで……こんな真似しやがって」

「うっ、うぅぅぅぅぅっ！　だってぇ……！　わだじ、ダメダメなママだがらぁっ……」

ボロボロ涙をこぼしながら、母さんは俺の胸に飛び込んでくる。

やれやれ、これだけ言ってもまだ分からないのか。

「……あー、なんか納得。ママにしては珍しく敵意バリバリだと思っていたけど、自分が母親として相応《ふさわ》しいってことを証明しようとしてたんだね」

「ああ、そうだろうな。そりゃあ、あんなに必死にもなるよ」

そもそも、母さんがバブバブ団の結成を認めたのも……それが理由だったのかもしれない。

多くの人たちから理想のママと慕われることで、自分がちゃんとした母親であるというアイデンティティを保とうとしていたってところか。

「なぁ、母さん。俺たちに手がかからないことで、自分に母親の資格がないって考えちまうなら……俺たちは手のかかるダメダメな子供じゃなきゃいけないのかよ？」

「ずびぃっ、そ、それは……」

「アタシが引きこもりのままの方がよかった？　今のアタシはママの子供じゃないの？」

「いいえ、そんなわけないじゃないっ！　何があろうとも、二人は私の子供よ……！」

「うん。つまり、母さんもそういうことだろ？」

「あっ……」

俺の言葉を聞いて、ハッとしたように口を開く母さん。

ここまで噛《か》み砕いて説明して、母さんもようやく理解できたようだ。

「俺と華恋《かれん》が何をしようとも母さんの子供であるように、母さんだって俺たちの母さんだ。ダメダメかどうかなんて、関係ねぇっての」

「つーか、そもそもママがダメなんじゃなくて！　娘のアタシが天才ってだけだもんね！」

「来人《らいと》……華恋ちゃん」

「ほら、分かったらさっさと帰ろうぜ。そんで、あの馬鹿親父にみんなで説教だ」

「……ふふっ、そうね」

涙を拭《ぬぐ》い、笑顔を浮かべた母さんは……俺が差し出した手を握り返す。

力強く握られた手の感触から伝わってくる、母さんのぬくもり。

これだけでもう、母さんが無事に立ち直ったことが分かる。

「ポータル！　帰還用のポータルを出してくれ！」

「あっ、待って来人。帰る前に、ちょっとだけ」

帰還用ポータルを呼び出した直後、母さんは思い出したように振り返る。

そこには、華恋の作った家族の思い出カレーによって正気を取り戻したバブバブ四天王たちの姿があった。

「ごめんなさい。私はもう、貴方《あなた》たちの元にはいられないの」

「ああ、分かってる。今まで、世話になったな」

「今の私たちが、家族を恋しく思えるようになったのは……貴方が我々に母親の尊さを教えてくれたからでしょう」

「ママ、ホントウノカゾクト……シアワセニ、ナッテクレ」

「他のギルドメンバーたちも、私たちが改心させていきます。だから、安心して元の居場所へお帰りください」

爽《さわ》やかな微笑《ほほえみ》で母さんを労るバブバブ四天王。

その姿を見れば、彼らの今後に何の心配もいらないことは明白だろう。

「……ありがとう。みんなも、家族とは仲良くしてね」

母さんは小さく頷《うなず》くと、可愛《かわい》らしく手を振りながら帰還用ポータルの中に入っていく。

「はぁー……やっと終わったぁ」

「ああ、よく頑張ったよ……本当に」

続いて華恋と俺も、母さんの後を追うようにポータルを通り……

ようやく念願叶《かな》って、家族三人で元の世界へと帰還するのだった。

□

「「たっだいまーっ！」」

異世界ポータルを通り、久しぶりに帰ってきた我が家。

埃《ほこり》っぽい物置部屋の外に出て、息を大きく吸うと……これがまた、なんとも落ち着く。

やっぱり、住み慣れた世界が一番ってことなのかもな。

「ふふっ、ただいま」

少し遅れて母さんも、小さな声で帰宅の挨拶《あいさつ》。

俺と華恋《かれん》は揃《そろ》って母さんに向き直り、両手を広げる。

「「おかえりっ！」」

「あーんっ！　二人とも、だぁいすきっ！」

母さんもそれに応え、俺たち兄妹を同時に抱き寄せてくる。

この柔《やわ》らかくて、いい匂いのする母さんのハグが……俺たちは本当に大好きなんだ。

「もうあの人なんかいなくても、あなたたちがいてくれればそれだけいいわ！」

「そうだよ、ママ！　家にも帰ってこないパパなんか、離婚しちゃえっ！」

「おいおい、華恋。それは流石《さすが》に言いすぎだっての」

「あら、来人《らいと》。私はそれだって構わないわ。あの人はどうせ、私なんかよりも研究の方が大事なんでしょうから」

華恋が焚《た》き付けたせいもあってか、母さんは不満げに両頬《ほお》を大きく膨らませる。

するとちょうどそのタイミングで、聞き馴染みのあるメロディが鳴り響いた。

「これ、母さんのスマホの着信音だろ？」

「まさか……！」

慌てて母さんはズボンのポケットをまさぐり、中からスマホを取り出す。

鳴動するスマホの画面を見てみると……『愛するあの人♡』という表示。

「父さんからの電話か……」

「ママ！　ここはガツンッと言ってやろうよ！」

「うんっ！　頑張ってみるわ！」

キリッとした表情で、母さんは震《ふる》える画面をタップ。

スマホを耳元に近づけ、力強い声で応答する。

「もしもし？　私よ、黒斗《くろと》さん」

スピーカーモードではないので、父さんの声は聞こえてこない。

だけどほんの微《かす》かに、父さんが早口で何かを捲《まく》し立てていることだけは感じ取れた。

「はぁ？　何よ、今さら……！」

「いいよ、ママ！　その調子で押し切っちゃえ！」

「こら、お前は引っ込んでろ！」

「むぐぐぐぅ〜〜っ！」

俺は華恋《かれん》の口を両手で押さえるように抱きとめ、母さんから距離を取る。

大人の話し合いに、子供が口を挟むのは野暮ってもんだからな。

「貴方《あなた》に何を言われても、私はもう決めたわ！　海外に行きたいなら、勝手に一人でそうすればいいじゃない！　私はあの子たちの母親として……」

なんていう気迫だ、
これなら流石《さすが》の父さんだって、平謝りするしかない……と、思っていると。

「……え？　うん、うん……どういうこと？」

「「……？」」

突然、母さんがトーンダウン。

額《ひたい》に汗を浮かべながら、スマホをますます耳に近づける。

「……ええ、ええ、そうだと思っていたんだけど……え？　誤解？」

眉間《みけん》に寄っていたシワもほぐれ、険しい表情はくしゃっと朗らかに変わる。

「なんっ……もう、急にそんなこと言われると、私……困っちゃう♡」

頬《ほお》を染め、ニヤニヤと口元を緩ませながら……体をくねらせる母さん。

「うん♡　私も同じ気持ちよ、あなた♡　その時が今から待ち切れないくらい♡」

「「…………」」

「やだぁ、そんな♡　さすがに三人目は……うふふっ♡　大歓迎よ♡」

体中からたっぷりのハートマークを飛ばしながら、ノロケ始める始末だ。

俺と華恋はそんな母さんを、ジト目で見つめることしかできない。

「じゃあ、また細かいことは後で打ち合わせしましょ。ええ、来人《らいと》たちには私の方から説明しておくから……うん、またね♡」

その後も母さんはしばらく父さんとイチャイチャし続け……ようやく電話を切った頃には、俺と華恋はグッタリ状態と化していた。

「あっ、二人とも。待たせちゃってごめんね」

「……で？　何があったわけ？」

苛立《いらだ》ちを隠そうともせず、両腕を組んだ華恋が訊《たず》ねる。

すると母さんは、重ねた両手を頬に添えながら……とんでもないことを話し出す。

「えっとね、パパの海外行きの話なんだけど……私、早とちりしていたみたいなの」

「「はぁ？」」

「パパが海外に行くのは一週間だけ。しかもそのスケジュールが、来月の私の誕生日と重なっていたみたいで……それで、たまには夫婦水入らずで過ごさないかって……」

たしかに母さんの三十九歳の誕生日は来月だ。

海外への遠征ついでに、母さんに海外旅行をプレゼントしようとする気持ちも分かる。

「待ってよ！　それなら、アタシたちも一緒に連れていけばいいじゃん！」

「ああ、その時期はちょうど夏休みだしな」

「それがね、パパってば……わ、私と新婚の時みたいに過ごしたかったみたいで……それでどうにか来人《らいと》たち抜きにするために、あれこれ強引に言ってきたようなの」

「「……はぁ？」」

強引というのは、母さんがいなくても俺たちは大丈夫だと言い張ったことだろう。

そこまでしてでも、母さんと二人きりになりたかったわけだ。

「ここのところ、ずっと来人と華恋《かれん》ちゃんの話ばっかりしていたからヤキモチを焼いちゃったのね。もう、あの人ったら甘えん坊さんなんだから♡」

「「アーハイ、ソウデスカ」」

電話一本で起きたすれ違いによって発生した大事件は、同じく電話一本で無事に解決。

ツッコミを入れることさえ億劫《おっくう》になる結末に、俺と華恋は脱力してその場にへたり込む。

「……お兄ちゃん、アタシもうダメ」

「ああ……俺も同じ気持ちだ」

すっかり呆《あき》れ果てた俺と華恋は、身を寄せ合いながら寝っ転がる。

それを見た母さんは片目を閉じ、赤い舌をぺろっと出しながら……自分の頭をコツン。

「てへっ♡　ごめんね♡」

「「ズコォーッ」」

ushi

そして翌月、母さんの誕生日を迎える時期。
バカップル夫婦は一緒に海外へと旅立ち、俺と華恋《かれん》は仲良くお留守番。
母さんの帰国後一年も経たないうちに、牛野《うしの》家に新しい家族が増えたことは……
まぁ、また別の機会に語るとしよう。

デザート✦『エピローグ』

俺はカレーが好きだ。

学校、あるいは職場で長い一日を過ごし……身も心も疲れ果て、空腹も最高潮。

くたくたの状態で家の玄関を開けると、すぐに漂ってくるあの匂いが堪《たま》らない。

そんな風に考えるのは決して、大学生の俺だけではないはずだ。

是非、貴方《あなた》にも想像してみてほしい。

飴《あめ》色になるまで炒められた玉ねぎと、中までホクホクのじゃがいも、にんじん。

口に入れると、ほろほろとろける牛バラ肉。あるいは存在感抜群の角切り肉でもいい。

長時間煮込まれた牛肉から溢《あふ》れ出す暴力的な肉汁は、野菜から溶け出した柔《やわ》らかな旨味と混ざり合うことで……鍋の中に奇跡的な調和を生み出していく。

そうして誕生した旨味のスープに、いよいよ投入されるのは……カレールウ。徐々にその身を溶かされ、鍋の中を美味しそうな茶褐色に染め上げ、深いとろみを与えていく。

「ああっ！　待ち切れないぜ！」

最終講義を終え、大学から帰宅する帰り道。

想像するだけであふれ出しそうになるヨダレを必死に堪《こら》え、俺は歩みを早める。

なにせ今夜は金曜日。つまりは牛野《うしの》家伝統のカレーの日。

「ぐへへへへっ、今日のカレーは何カレーかなぁ」

気分は最高、テンションもマックス。

家に辿《たど》り着いた俺は、ウキウキで玄関の扉を開く。

「すううううっ！」

さぁ、俺にカレーの匂いを嗅《か》がせておくれ……と、俺は大きく息を吸い込む。

しかし、この日はいつもとどこか様子が違っていた。

「あれ？　カレーの匂いがしない？」

どういうことだ？　この時間なら、すでに母さんがカレーを作っているはずだ。

「んんっ？」

「あっ、来人《らいと》。お帰りなさい」

俺が首を傾《かし》げていると、リビングの方から母さんが出てくる。

その表情はどこか、困っているようにも見えた。

「ただいま。ところで母さん、カレーの匂いがしないんだけど？」

「そうなのよ。ほら、来人……先週、華恋《かれん》ちゃんが言ったことを覚えてる？」

「華恋が……？」

先週というと、母さんを異世界から連れ戻してから……最初に迎えた金曜日のことか？

たしかあの日は、母さんがこの前にお詫《わ》びにと言って、気合たっぷりのカレーを作ってくれたんだっけか。

そんで俺が「母さんのカレーがやっぱり最強だ」って褒めたら、華恋《かれん》が怒り出して……

「あっ！　そうだ！　思い出した！」

華恋の奴が「じゃあ来週はアタシがカレーを作るから！　それと比べてみてよ！」とか言い出したんだった。

「学校から帰ってきた華恋ちゃんと一緒にお買い物にも行って、食材の準備もバッチリだったんだけど……料理を始める前に姿を消しちゃったの」

「あー……なるほど」

「私が勝手に作るわけにもいかないし、それで来人《らいと》の帰りを待っていたのよ」

ようやく納得できた俺は、靴を脱いで二階へと向かう。

後ろをついてきた母さんと一緒に、そのまま華恋の部屋に入ってみると……予想通り、華恋からの置き手紙が用意されていた。

『アタシ特製のカレーを楽しみにしていたざぁこお兄ちゃん♡　帰ってきたのにカレーがなくてガッカリしたぁ？　したんでしょ？　うわっ、必死すぎてキモすぎ♡　そんなに妹のがイイなんて、本当にヘンタイじゃん♡　ほら、そんなに妹にシてほしかったら、頭を下げてお願いしに来いっての♡　ばぁーかばぁーか♡　ヘンタイシスコンお兄ちゃんへ♡』

「ぐぎぎぎぃ……華恋めぇ」

「あらまぁ……」

メスガキ構文の手紙を握り潰《つぶ》して怒りに震《ふる》える俺と、口に手を当てて驚く母さん。

華恋の奴、少しは成長したと思っていたが……やはりアイツは、まだまだ生意気盛り。

兄として、理解《わか》らせてやる必要があるようだ。

「……ふふっ、来人。それじゃあ、今日もお願いしていいかしら？」

「ああ……任せてくれ、母さん」

パンッと拳を叩《たた》いて鳴らし、俺はいつもの場所へと急ぐ。

二階の廊下の突き当り。物置部屋の中に存在する……異世界ポータル。

赤く渦巻くその中へ、今日も俺は飛び込んでいく。

「他の曜日ならば、少しくらいは多めにみてやる。だが、金曜日だけは絶対に許さん」

今頃、どこか見知らぬ異世界で好き勝手している妹の姿を思い浮かべ……俺はお決まりとなったセリフを口にする。

「妹よ、今夜はカレーだから早く異世界から帰ってきなさい」

それは、俺と華恋を繋《つな》ぐ魔法の言葉。

これまでも、これからも。

ずっとずっと……いつまでも。

あとがき

『家族愛』と『カレー』が交差する時、物語は始まる。

というノリと勢いで書かれた本作をお買い上げ頂き、ありがとうございます。

今回は前巻のテーマであった兄妹の絆に加え、家族愛もメインに据えたお話でした。

特に書きたかったのは引きこもりから立ち直った華恋《かれん》の成長であり、そのために色々と辛い試練を強いる形となったのですが……見事にそれを乗り越えてくれたかと思います。

そんな華恋の成長を持って、本作のお話はここでひとまずおしまいとなります。

自分の力及ばず、この先の物語を楽しみにして頂いていた方には申し訳ございません。

しかし、本作を読み終えた皆様には、きっと満足して頂けたと信じております。

勿論《もちろん》、ご不満やお叱《しか》りの言葉がある方もいらっしゃるかもしれません。

どんなお言葉でも自分は大歓迎ですので、もしよろしければX（旧・Twitter）などで本作へのご感想やご指摘を呟《つぶや》いてくださいませ。

一巻発売時にも多くの方が感想やレビューなどしてくださり、本当に嬉しかったです。

特に本作で一番思い入れのあるタイトルを褒めてくださった方々もいて、とんでもなくニヤニヤしたのを覚えています。

個人差はあると思いますが、作家とは皆様の感想の声から力をもらう生き物です。

たとえ千人からつまらないと言われても、たった一人でも面白いと言ってくださる限り、自[illegible]ずに作家として生き続けたいと決めています。

なので今後またどこかで、あるいは意外とすぐに『愛坂タカト』の名前を見かけることになるはずですので、その際は『カレー』と『ツンデレ』が好きなやべぇラノベ作家だということを思い出してくださいませ。

前作『氷結令嬢さまをフォローしたら、メチャメチャ溺愛されてしまった件』のコミカライズも本作発売時点で連載が開始されている予定ですので、そちらもよろしくお願いします！

そして最後に改めまして、本作に関わってくださった多くの方に感謝を。

担当編集の大米さん、ガガガ文庫編集部の皆様。

とんでもなく可愛《かわい》いキャラを次々と生み出してくださる『ぽん』先生。

販売流通に携わる方々、書店員の皆様。

この本をお買い求め頂き、お読みくださった皆様。

本当にありがとうございました！

皆様の今後の日々に、素敵なカレーライフが訪れますように！

愛坂タカト

GAGA
ガガガ文庫

妹よ、今夜はカレーだから早く異世界から帰ってきなさい2

愛坂タカト

発行 2025年1月25日 初版第1刷発行

発行人 鳥光 裕

編集人 星野博規

編集 大米 稔

発行所 株式会社小学館
〒101-8001 東京都千代田区一ツ橋2-3-1
[編集] 03-3230-9343 [販売] 03-5281-3556

カバー印刷 株式会社美松堂

印刷 TOPPANクロレ株式会社

製本 株式会社若林製本工場

Printed in Japan ISBN978-4-09-461181-6